박상준 유고집 /

夢遊錄

몽유록

ⓒ박상준, 2020

1판1쇄 인쇄   2020년 9월 11일
1판1쇄 발행   2020년 9월 18일

지은이   박상준
발행인   정지현
편집인   박주혜

대표   남배현
기획   모지희
책임편집   박석동
마케팅   조동규, 김관영, 조용, 김지현
디자인   동경작업실

펴낸곳   (주)조계종출판사
주소   서울시 종로구 삼봉로 81 두산위브파빌리온 232호
전화   02-720-6107~9
전송   02-733-6708
등록   2007년 4월 27일 (제2007-000078호)
구입문의   불교전문서점(www.jbbook.co.kr) 02-2031-2070~1

ISBN   979-11-5580-144-4 (03810)

이 도서의 국립중앙도서관 출판예정도서목록(CIP)은
서지정보유통지원시스템 홈페이지(http://seoji.nl.go.kr)와
국가자료공동목록시스템(http://www.nl.go.kr/kolisnet)에서
이용하실 수 있습니다.(CIP제어번호: CIP2020039183)

조계종
출판사   지혜와 자비의 눈으로 세상을 바라봅니다.

몽유록

夢遊錄

박상준 유고집

나에게 기쁨이 되어 준 고전古典 속 한 구절

조계종
출판사

진효(眞曉) 박상준 선생은 동국대학교 불교학과를 졸업하고 수행(修行)과 역경(譯經), 그리고 후학 양성에 매진하다가 2019년 9월 18일에 갑작스런 병환으로 입적하였습니다. 선생은 평생 빈고(貧苦)와 병고(病苦)에 시달렸지만 부처님 가르침을 향한 발걸음에는 한 치의 주저함도 흔들림도 없었습니다. 이에 동문과 지인들이 뜻을 모아 선생의 꿋꿋한 기상과 그 발자취를 추모하고자 생전에 인연 닿은 곳에 기고했던 편편의 원고들을 모아 한 권의 책으로 엮었습니다. 온몸으로 토해낸 선생의 글이 부디 뒷사람들에게 이정표가 되기를 기대합니다.

2020년 9월 이학주 삼가 씀.

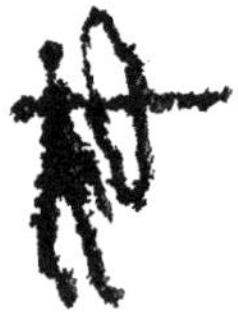

| 차례 |

제2부 | 깊어가는 가을밤에

제3부 | 한 잔 올리오니

꿈을 꾸었다.

햇살이 고즈넉한 찻집 유리 창가에서 홀로 차를 마실 때였다.

할머니 한 분이 조용조용한 걸음으로 다가오셨다.

"잠시 앉아도 되겠습니까?"

"예, 앉으시지요."

"고마워요."

품새도 웃음도 무척이나 따스한 그 할머니, 나긋한 목소리로 물으셨다.

"혹시 호나 법명이 있으세요?"

"예전에 안성준 선생이 견로(見老)라고 지어준 것이 있습니다. 벌써 노인처럼 보인다는 의미도 되겠지만, 사실 '일찌감치 어깨가 노쇠해버린 사람'이란 뜻의 견로(肩老)를 살짝 위장한 것입니다.

제가 고질병이 하나 있습니다. 제주도에서였는지, 모악산 아래 청

도리에서 살던 시절이었는지 가물가물하지만 어찌 되었건 어린 시절이었습니다. 봉당마루가 딸린 사랑채에서 방문을 확 밀치고 뛰쳐나오다가 그만 솥에 빠진 것입니다. 그 집엔 방마다 나무를 땠고, 들었다 놓았다 하는 마룻장 아래에 가마솥이 있었어요. 마침 뭔가를 끓이느라 그 솥이 펄펄 끓고 있었던 것은 당연지사구요. 엉덩이 쪽에 화상을 입고, 또 크게 놀라긴 했지만 그땐 대수롭지 않게 넘겼습니다. 하지만 언제부턴가 왼쪽 어깨가 덩달아 아프기 시작하더군요. 그냥 그러다 말겠거니 했어요. 그 통증이 50년이나 갈 줄은, 나날이 심해져 온몸이 틀어질 지경에 이를 줄은 꿈에도 몰랐지요. 그걸 안성준 선생이 곁에서 지켜보다가 '견로(肩老)'라고 이름을 지어준 것입니다."

할머니가 하, 하, 하 하고 웃으셨다. 티 없는 그 웃음이 싫지 않았다. 해서 말벗이나 삼을 요량으로 한마디 덧붙였다.

"그것 말고, 최근에 스스로 지은 호가 하나 있습니다."
"뭡니까?"
"기바산인(奇婆散人)입니다."
"무슨 뜻인가요?"
"소동파(蘇東坡)의 〈전적벽부(前赤壁賦)〉에 '천지에 빌붙어 사는 하루살이 신세(寄蜉蝣於天地)'라는 구절이 있습니다. 이를 전용해 사바세계(娑婆世界)에 잠시 빌붙어 사는 별로 쓸모없는 인간이란 뜻에서 '기바산인'이라 하였습니다."

할머니가 또 호, 호, 호 하고 웃으셨다. 타인을 참 기분 좋게 하는 웃음이었다. 그래서 냅다 한 발 더 다가섰다.

"어르신께서도 제 이름 하나 지어 주시겠습니까?"
"'호호호'가 어떨까요?"
"네?"
"왜요? 마음에 들지 않습니까? 그럼, '하하하'는 어때요?"

나름 살갑게 다가간 몸짓이었는데, 장난으로 여긴다 싶었다. 미처 거울을 보지 못했지만 순간 내 인상이 구겨졌었나 보다. 할머니가 따뜻하게 미소를 지으시더니, 나직이 말씀하셨다.

"좋을 '호(好)'가 셋이면 호호호(好好好)지요. 스스로 사바세계에 잠시 들렀다 간다 했으니, 이곳 일에 그리 유난 떨지 않겠군요. 그러면 이래도 좋고, 저래도 좋고, 행여 이러거나 저러지 않아도 좋을 것이니, 호, 호, 호지요. 아래 '하(下)'가 셋이면 하하하(下下下)지요.

대여섯 살부터 팔순 노인의 몸뚱이로 사셨다니, 어쩔 수 없었건 스스로 선택했건 일찌감치 많은 걸 내려놓고 살았겠군요. 이것도 내려놓고, 저것도 내려놓고, 내려놓고 산다는 그 생각도 내려놓았다면 하, 하, 하지요."

나도 모르게 큰 웃음이 터져 나왔다. 할머니도 웃으셨다.

"하! 하! 하!"
"호! 호! 호!"
"감사합니다. 혹시 존함을 알 수 있을까요?"
"오래전에 제 스승께서 어질 인(仁) 자에 은혜 혜(惠) 자로 이름을 지어 주셨지요."

눈을 떠보니, 연구실 책상이었다.
이런저런 영욕(榮辱)을 겪으면서 때로는 웃음으로 때로는 눈물로 온 얼굴이 범벅이 된다 해도, 깨고 나면 몽땅 허사(虛事)인 게 꿈속의 일이다. 앞뒤로 문맥을 맞춰 꽤나 그럴싸한 말씀들을 핏대 세워 외치건, 갖은 익살에 질펀한 농담을 항아리째 퍼붓건, 냉수 마시고 속 차린 사람이 보면 늘어진 잠꼬대에 술주정일 뿐이다. 하지만 그 할머니와 만남은 아무리 허사라 해도 자꾸 생각이 나고, 아무리 잠꼬대라 해도 왠지 싫지 않았다.

해서 나도 왠지 싫어하지 않을 사람이 있을까 싶어 한바탕 잠꼬
대를 늘어놓기로 했다.

제 1 부

봄날의
꿈

봄날의
꿈

그저 한 자루 구멍 없는
피리를 잡고
그대에게 한 곡조
태평가나 불어주리

祗把一枚無孔笛
爲君吹起大平歌

—《금강경》야부송(冶父頌)에서

송나라 야부도천(冶父道川)선사가 《금강경(金剛經)》에 붙인 송(頌)에 이런 구절이 있다.

대밭이 빽빽해도 흐르는 물을 방해하지 않나니
산이 높다고 어찌 흰 구름이 나는 걸 막으랴
竹密不妨流水過 山高豈碍白雲飛

또 이런 구절도 있다.

그저 한 자루 구멍 없는 피리를 잡고서
그대에게 한 곡조 태평가나 불어주리
祗把一枚無孔笛 爲君吹起大平歌

나른한 봄날, 꿈을 꾸었다.

깎은 머리에 수염을 길게 드리운 노인이 주장자를 세우고 앞에 앉았다. 맑은 눈빛에 남모를 광채를 뿜어내고 있었다. 그분이 대뜸 질문을 던졌다. 목소리가 종소리처럼 우렁우렁 울렸다.

"자네가 경전을 논하고 시를 이야기하고 다닌다지?"

정중하게 대답을 드렸다.

"예, 그렇습니다만…"

"왜 그런 쓸데없는 짓을 하는가?"

나지막하지만 폐부를 찌르는 날카로움이 묻어있었다.

"자네가 감상이랍시고 남들에게 떠드는 이야기를 그 작자가 듣는다면 어떻게 생각할까?"

간만에 꽤나 재미있는 분을 만났다 싶었다. 해서 적당히 넘기지 않고, 냉큼 덤벼들어 보았다.

"이렇게 훌륭한 질문은 처음 받아봅니다. 그런데 그 말씀을 처음 한 장본인이 어떻게 생각할지는 일단 차치하고, 어르신께서는 제 이야기를 어떻게 생각하십니까?"

수염이 허연 노인은 주저함이 없었다.

"쓰레기지."

"부연 설명을 부탁드려도 되겠습니까?"

"히말라야를 등반해보았나?"

"아직 못 가봤습니다."

"종이에 '히말라야'라고 쓰면 그 종이 위에 히말라야가 나타나던가?"

"그럴 리 없지요."

"히말라야는 '히말라야'라는 말조차 필요로 하지 않지. 그 초입에 히말라야라고 쓴 팻말조차도 쓰레기야. 히말라야를 가보고 써도 쓰레기인데, 하물며 가보지도 않고 쓴다면 그걸 어디다 쓰겠나? 그래서 쓰레기라는 거야."

옳은 말씀이다. 남들 앞에서 《금강경》도 강의하고 《법화경》도 강의했다. 과연 《금강경》과 《법화경》을 설하신 부처님은 나의 강의를 어떻게 생각하실까? 두개골을 덮고 있던 근육이 바짝 당겨졌다.

옳은 말씀이다. 산은 말이 없다. 인간들이 말을 할 뿐이다. 히말라야의 웅장함을 묻는 사람이 있으면 비행기 표를 끊어 네팔이나 부탄으로 날아가고, 자장면 맛을 묻는 사람이 있으면 중국집으로 가서 한 그릇 사주면 될 일이다. '히말라야'와 '자장면'에 대해 이러쿵저러쿵 떠드는 것은 사실 그럴 수 없을 때 하는 짓들이다. 게다가 아무리 떠들어봐야 말로는 히말라야의 웅장함을 끝내 알 수 없고, 자장면의 감칠맛도 알 수 없다.

그럼, 어떻게 해야 할까? 입을 닫아야 할까? 히말라야에 대해 몹시도 궁금해 하는 이들을 마냥 외면하는 게 상수일까? 그래서 핑계를 하나 생각해냈다.

'시(詩)'라는 한자는 말씀 언(言)에 절 사(寺) 자를 붙여서 만든 글자다. 입을 닫아 절간처럼 고요하고, 그 고요해진 상태에서 다시 언어로 우러나온 것이 시라고 할 것이다. 개중에 한자(漢字)라는 언어를 빌려서 표현한 것을 한시(漢詩)라 한다.

시는 압축미가 생명이다. 한시(漢詩) 역시 그렇다. 허나 언어의

장벽 때문에 어쩔 수 없이 우리말로 옮기고, 이런저런 배경 설명에 감상까지 덧붙이다 보면, 기실 시 자체의 향기는 온데간데없게 되는 꼴이다.

그럼에도 불구하고 내가 이런저런 군더더기에 주절주절 넋두리를 풀어놓는 까닭은 무엇인가?

참 오랫동안 지독히도 아팠다. 지하철 노선도를 보다가 '혹시 지구에서 내리는 지하철역은 없을까?' 하고 생각해본 적도 있다. 농담이라 여기는 분도 있겠지만 온전히 잠들지 못한 날이 하루 이틀이 아니라면 더러 이해해주실 분도 계실 것이다.

잠을 이루지 못하는 나날이 오래다보니, 무엇을 향해 움직이기보다는 무언가에 대해 생각하는 시간이 많았다. 남들은 "사색(思索)에 잠긴다"느니 "철학에 심취했다"느니 고상한 표현들을 써주었지만, 그건 불가항력의 아픔에 저항한 나만의 몸부림이었다. 사실 그것 말고는 내가 할 수 있는 게 별로 없었다.

그러다 불교를 알게 되었고, 어쩌다 한문을 공부하게 되었고, 그 길에서 주운 시구(詩句) 하나 게송(偈頌) 한 구절에 기이하리만큼 마음이 편안해지고 통증이 가라앉는 신비한 경험을 하게 되었다. 그게 일회성이 아니라 반복해서 일어났으니, 아름다운 시나 경전 속 게송 한 수는 나에게 명약이요, 아픔을 함께한 둘도 없는 벗이었다.

'시'가 마냥 고상한 것은 아니다. 시는 아픔의 절제된 표현이다. 음미하면 음미할수록 시인의 깊은 상처와 남모를 아픔에 가슴 한 구석이 저려오는 것이 시이다. 한시뿐 아니라 우리말로 된 시도 대부분 그렇다. 시인의 넋두리에 독자가 위로를 받고, 독자의 공감에 시인이 또 위로를 받는 것, 어쩌면 이런 소통과 동병상련(同病相憐)의 공감이 나에게 다시 큰 위로가 되었을지도 모른다.

해서 수염이 허연 노인에게 정중하게 말씀드렸다.

"옳으신 말씀입니다. 히말라야에 직접 발을 디딘 사람에겐 히말라야에 대해 말할 필요가 없겠지요. 하지만 다들 주머니가 넉넉하고, 시간이 넉넉하다면야 얼마나 좋겠습니까? 어쩌면 노인께서 쓰레기라 표현하신 '히말라야에 대한 말'은 선뜻 히말라야로 나설 수 없는 사람들을 위한 것입니다. 가고 싶어도 갈 수 없는 그들에겐 노인께서 쓰레기라 표현하신 그 '말'이 나름 위로가 되고 희망이 되기도 하지요.

부처님 말씀이라고 다른가요? 부처가 부처를 마주한다면야 무슨 말이 필요하겠습니까? 하지만 어디 부처가 흔한가요? 몽땅 중생이지. 중생은 당신이 쓰레기라고 표현한 그 '말'이 아니면 해탈(解脫)과 열반(涅槃)을 짐작조차 할 수 없습니다. 타는 목마름에다 아무리 사방을 둘러보아도 물 한 방울 찾을 수 없는 이들에겐 시큼한 매실 이야기가 목구멍이라도 적실 기회가 됩니다. 그러니, 부처에겐 쓰레기일지 모르나 중생에겐 절실한 보물인 것입니다.

또 중생을 위하는 자가 부처이지, 중생을 나 몰라라 하면 그게 어디 부처입니까? 어쩌면 부처님은 자신의 말이 '헛소리'나 '쓰레기' 취급당할 날이 오기를 고대하는 분일지도 모릅니다. 나중에 '헛소리' 취급당할 줄 뻔히 알면서도 그 헛소리로 중생들의 아픈 속내를 다독이고 희망을 일깨운 사람, 그런 분이 아니라면 '부처'라 불리지도 않았겠지요."

수염이 허연 노인이 껄껄대며 웃으셨다.

"듣고보니, 그 헛소리도 꽤나 괜찮군. 기왕에 헛소리하기로 마음먹었다면, 한번 제대로 해봐."

"제대로 된 헛소리는 또 뭔가요?"

"물처럼 흘러야지. 여기 막히고 저기 막히지 말고.

구름처럼 날아야지, 여기 걸리고 저기 걸리지 말고.

특별히 꼭 해야 할 말이 있을까?

그렇다고 하지 못할 말은 또 뭐가 있겠나.

구멍 없는 피리로 멋들어지게 연주해봐.

듣는 사람마다 일어나 덩실덩실 춤추도록 말이야."

그 말씀에 절로 흐뭇했다. 그리고 스르르 꿈에서 깨어났다.

아차! 존함을 여쭤보지 못했다.

생각을
생각해 보았더니

모조리 계산해 눈앞에
모래알이 하나도 없어야
비로소 고요한 곳에서
사바하 하리라

算盡目前無一法
方能靜處薩婆訶

—《금강경》야부송에서

하나, 둘, 셋, 넷, 갠지스 강의 모래알 수를 셈이여

그 모래만큼 많은 갠지스의 모래알 수는 더욱 많아라

모조리 계산해 눈앞에 모래알이 하나도 없어야

비로소 고요한 곳에서 사바하 하리라

一二三四數河沙　沙等恒河數更多

算盡目前無一法　方能靜處薩婆訶

《금강경》〈무위복승분(無爲福勝分)〉에서 부처님이 말씀하셨다.

"수보리야, 저 갠지스 강에 있는 모래알의 수, 그 숫자만큼 많은 갠지스 강이 있다면, 어떻게 생각하느냐? 이 모든 갠지스 강의 모래를 많다고 하겠느냐?"

수보리가 대답하였다.

"매우 많습니다, 세존이시여. (갠지스 강 모래알 수만큼의 갠지스 강이 있다면) 갠지스 강의 숫자만 해도 무수히 많은데, 하물며 그 수많은 강의 모래이겠습니까?"

위의 게송은 야부 스님이 이 대목에 붙인 것이다.

'항하(恒河)'는 우리가 흔히 갠지스라고 부르는 Gaṅgā의 한문 표기이다. '사바하(薩婆訶)'는 범어 svāhā의 음역으로, 진언(眞言)에 자주 사용되는 단어이다. 가끔씩 원만(圓滿)·성취(成就)·길상(吉祥) 등으로 의역하기도 하지만, 함유하고 있는 뜻이 광범위하여 주로

음역을 사용한다. 그러니 '정처사바하(靜處薩婆訶)'는 마음이 고요해진 상태에서 열반의 경지를 원만히 성취하게 된다는 뜻 정도로 해석된다.

중학교 시절, 국어 선생님께서 한 말씀 하셨다.

"생각이란 생각하면 생각할수록 생각이 꼬리를 물고 생각나는 것이 생각이므로 생각을 생각하지 않는 생각이 좋은 생각이라고 나는 생각한다."

그 바람에 또 한참을 생각한 적이 있다.

또 어느 날 과학 선생님께서 질문을 던지셨다.

"1억이라는 숫자를 차례대로 일, 이, 삼, 사… 하고 입으로 소리 내어 1억까지 세는 데 시간이 얼마나 걸릴까?"

"열 시간이요."

"열두 시간요."

"하루요."

친구들이 별 생각 없이 너도나도 한마디씩 던졌다.

이런저런 답을 듣더니, 선생님께서 빙그레 웃으며 말씀하셨다.

"하루에 8시간씩 꾸준히 세어 60년이다."

처음에 "일, 이, 삼, 사, 오…"하고 셀 때는 단음이라 시간도 많이 걸리지 않고 진도도 성큼성큼 나가니 재미있게 셀 수 있다. 하지만 십만 단위만 가도 하나의 수를 소리 내는 데 시간이 제법 걸린다. "…이십칠만 팔천구백팔십칠, 이십칠만 팔천구백팔십팔, 이십칠만 팔천구백팔십구…" 백만 단위로 가면 더 심각해진다. "…육백사십오만 육천구백칠십칠, 육백사십오만 육천구백칠십팔, 육백사십…?" 잘 세다가 도중에 숫자 하나를 깜빡하기라도 하면 처음의 '일'로 다시 돌아가야 하니, 참 난감한 일이다. "…구천구백구십구만 구천구백구십일, 구천구백구십구만 구천구백구십이…" 우여곡절 끝에 여기까지 왔다고 해도, 이쯤되면 아마 입술도 혀도 뻣뻣하게 굳어 고지를 바로 앞에 두고도 소리조차 내기 힘들 것이다. 그러니 1억까지 소리 내어 차례대로 세면 1억을 준다고 해도 섣불리 덤빌 일이 아니다.

갠지스 강의 모래알 수! 경전에 부처님 수, 중생의 수, 공덕의 수, 번뇌의 수가 갠지스 모래알 수만큼 많다는 표현이 자주 나온다. 히말라야에서 발원해 무려 2,500km의 대장정을 거쳐 벵골 만으로 흘러드는 갠지스, 그 강의 모래알 수가 과연 얼마나 될까? 다시 그 모래알 수만큼 많은 갠지스 강이 있다면, 그 모든 강의 모래알 수는 또 얼마나 될까?

언제가 한 지인이 인도를 다녀오면서 갠지스의 모래를 한 줌 가져다 준 적이 있다. 그 모래를 보는 순간, 내 머릿속에서 그리던 숫자는 말도 못하게 증폭되었다. 밀가루였다. 한강의 굵은 모래가 아니라 밀가루에 가까운 고운 모래였다.

'아! 이렇게 많은 생각과 번뇌를 품고 사는 게 우리구나.'

그 순간 사르륵 사르륵 증폭되어 짓누르던 숫자의 중압감은 지금도 생생하다.

'이 많은 걸 도대체 어찌 한단 말인가?'

길은 있다. 아니, 있다고 믿고 싶다. 그리고 나는 그 길이 부처님의 가르침이기를 고대한다. 부처님이 앞에 계신다면 당장 달려가 물을 것이다.

"부처님, 그 숫자조차 셀 수 없을 만큼 많은 생각과 번뇌를 어떻게 언제 다 없앤답니까?"

부처님께서 혹시 이렇게 말씀하실지도 모르겠다.

"맞아, 자네 말대로 빼기를 하려들면 힘들어. 아마 죽을 때까지 용을 써도 별로 표가 나지 않을 걸. 하지만 곱하기 0을 해봐. 그러면 한순간이야. 아무리 큰 숫자라도 곱하기 0을 하면 한순간에 사라지지."

감산덕청(憨山德淸, 1546~1622)선사도 〈정 우무 대참에게 보내는 편지[與丁右武大參]〉에서 말씀하셨다.

반평생 행각한 옛일
찬찬히 돌아보니
몽땅 꿈이었네

그래서 한입에 토해버렸다네

실오라기 하나 남기지 않고

回視從前 半生行脚 都是夢事 一口吐盡 不留絲毫

정말 꿈이요 공이라면, 털고 말고 할 것도 없다. 그래서 양주(襄州) 만동산(萬銅山)에서 주석했던 광덕의(廣德義)선사께서는 이렇게 노래하셨다.

짧은 꿈도 긴 꿈도 몽땅 꿈이요

걱정 되도 걱정 안 되도 몽땅 걱정이네

끝없는 이 내 심사 누구에게 하소연할까

눈에 가득한 노란 국화, 저 가을이나 보게

夢短夢長都是夢 愁來愁去總成愁

無窮心事憑誰訴 滿目黃花別見秋

거울 없는
거울

첩첩 멧부리 안개 낀
넝쿨 속을 잘 들여다보니
머리 없는 원숭이가
거꾸로 나무를 기어오르네

慣看疊嶂煙蘿裏
無首猢猻倒上枝

— 경허선사 〈지리산 영원사〉에서

불교라는 흔적조차 희미해가던 구한말, 조선 땅에 선풍(禪風)을 휘몰아쳤던 경허성우(鏡虛惺牛, 1849~1912)선사가 〈지리산 영원사(智異山靈源寺)〉라는 제목으로 지은 시가 있다. 아마 영원사로 가는 길목 어디쯤에서 읊조렸을 게다.

'한 물건도 없다' 해도 벌써 군더더기인데
허다한 이름과 모양은 또 뭘 하자는 건지
첩첩 멧부리 안개 낀 넝쿨 속을 잘 들여다보니
머리 없는 원숭이가 거꾸로 나무를 기어오르네
不是物兮早駢拇 許多名相復何爲
慣看疊嶂煙蘿裏 無首猢猻倒上枝

경허(鏡虛), 거울이 텅 비었다는 뜻일까, 허공을 비추는 거울이란 뜻일까? 스님이 들으신다면 씩~ 한 번 웃고 말 것이다. 거울로 허공을 비추면 어떨까? 경허 스님은 그렇게 텅 빈 거울, 거울이랄 것도 없는 거울로 지금까지도 세상을 훤히 비추고 계신다.

텅 빈 거울, 대원경(大圓鏡)이라 부리기도 하고, 청정심(淸淨心)이라 부르기도 하고, 진여(眞如)라 부르기도 하는 우리네 본마음은 과연 무엇일까? 당나라 때 선종 제5조 황매산(黃梅山) 홍인대사(弘忍大師) 휘하의 걸출한 인재 신수대사(神秀大師)가 스승의 명으로 절 담벼락에 멋들어진 게송 하나를 적었다.

> 몸은 보리의 나무요
> 마음은 밝은 경대
> 때때로 부지런히 털고 닦아
> 먼지나 때가 끼지 않게 하라
> 身是菩提樹　心如明鏡臺
> 時時勤拂拭　勿使惹塵埃

남쪽 지방에서 온 행자, 글을 읽을 줄도 쓸 줄도 모르고 방앗간 허드렛일이나 돕던 더벅머리 노씨(盧氏) 행자가 자기도 한 수 읊겠노라며 남의 손을 빌렸다.

> 보리라는 나무는 본래 없고
> 밝은 거울 역시 경대가 아니네
> 본래 한 물건도 없는데
> 먼지나 때가 어디에 낄까
> 菩提本無樹　明鏡亦非臺
> 本來無一物　何處惹塵埃

이 게송을 지은 행자가 훗날 남종선(南宗禪)의 태두가 된 선종 제6조 혜능대사(惠能大師)이시다. 우리의 경허 스님, 육조 스님의 말씀에 한마디 붙이셨다.

"한 물건도 없다고? 에이 그래봐야 육손이[駢拇]지."

손가락은 다섯이면 충분하다. 그 곁에 뼈도 없이 덜렁덜렁 붙어있는 육손이는 있으나 마나요, 도리어 흉만 된다. 그럼 "한 물건도 없다 해도 벌써 군더더기"라고 한 경허 스님의 말씀은 또 어떨까? 육손이를 넘어 칠손이에다 팔손이다. 그럼 "경허 스님의 말씀은 육손이 정도가 아니라 칠손이에다 팔손이다"라는 이 말은 또 어떨까? 구손이에 십손이다.

경허 스님이 이를 몰랐을까? 뻔히 알면서도 공연히 평지풍파(平地風波)를 일으켜 군소리를 쉬지 않은 까닭은 또 뭘까? 이 말 저 말 붙여 이렇다느니 저렇다느니 하며 우왕좌왕 좌충우돌하는 이들에 대한 안타까움 때문이었을 것이다.

그런 이들이 뽀얀 먼지 뒤집어쓰고 살아야 하는 세간(世間)에만 있을까? 높은 산봉우리를 병풍처럼 둘러치고 자욱한 안개를 빗장처럼 두르고서 소위 출세간(出世間)의 삶을 사노라며 고상을 떠는 이들도 예외일 수는 없다.

종류만 다를 뿐, 그들 역시 갖가지 이름과 모양에 얽혀 스스로 자유롭지 못하고 타인을 구속하긴 매 한가지다. 그러니 아무리

똑똑한 척 유난 떨어봐야 소란스러운 원숭이 꼴을 면치 못한다. 원숭이놀음이라도 제법 그럴싸하면 그래도 다행이다. 머리가 텅 빈 원숭이들의 놀음이니, 봐줄만한 게 있을까? 제대로 기어올라도 시원찮을 나무를 물구나무를 서서 거꾸로 기어오르겠다고 난리법석들이니 원…. 경허 스님은 쯧, 쯧, 혀를 찼을 것이다.

자신의 얼굴에 낙서를 잔뜩 해놓고 거울을 보면 어떨까? 거울에 낙서가 나타난다. 그것도 거꾸로. 그러면 사람들은 거울을 탓한다. 자신의 얼굴에 낙서가 된 것을 모르기 때문이다.

낙서 이야기를 하니, 생각나는 옛일이 하나 있다. 직지사(直指寺) 조실이셨던 관응(觀應) 큰스님을 중암(中庵)에서 잠시 모시던 시절이었다. 조실스님 덕분에 중국 황산(黃山)에 가게 되었다. 그때 화장실에 들렀다가 일종의 문화 충격을 받았다. 조실스님께 말씀드렸다.

"조실스님, 중국에 왔더니 화장실 낙서도 한자로 되어 있습니다."

빙그레 웃으셨다. 우리나라 화장실엔 대부분 한글로 낙서가 되어있고, 미국의 화장실엔 영어로 낙서가 되어있고, 중국 화장실엔 한자로 낙서되는 것이야 생각해보면 간단한 상식이다. 하지만 그때는 제법 큰 충격으로 다가왔다.

내가 충격을 받은 까닭을 솔직하게 밝히자면, 낙서가 한자로 되어있다는 것뿐 아니라 의미가 잘 들어오지 않는다는 것이었다. 제법 한문을 읽을 줄 안다는 소리를 듣던 내가, 그걸 또 은근히 자랑삼던 내가, 문장가도 아닌 보통 사람이 그것도 화장실에 끌 쩍거려놓은 문장 하나 선뜻 이해하지 못하다니…, 나의 자부심은 한순간에 박살나버렸다. 정말, 어디 촌구석에서 좀 안다고 폼 잡을 일이 아니었다.

구한말에 우리나라 한학의 대가 한 분이 중국 여행을 가게 되었단다. 차를 타고 가는데 문득 멋진 간판이 멀리서 보였다.

'오상능설(傲霜凌雪)'

서리나 눈보다 하얗다는 뜻이다. 이 한학자분은 속으로 '아, 군자의 기상을 말한 것이구나' 생각했다. 그리고 중국에서 초청해준 분을 만났다. 그는 초청한 분에게 감사의 표시로 멋들어지게 일필휘지로 '傲霜凌雪' 하고 썼다.

내심 반가워할 줄 알았다. 그런데 교양인이었던 그 중국분의 얼굴이 살짝 찌푸려졌다고 한다. 나중에 알고 보니 '오상능설'은 중국의 방앗간 간판이었다. 서리나 눈보다 하얗게 쌀을 정미해준다는 뜻이었다. 방앗간 간판 내용을 붓글씨로 멋지게 써주었으니, 그만 '당신은 방앗간을 하면 잘될 사람입니다' 하는 꼴이 되고 만 것이다.

이렇게 온전히 알지도 못하면서 뭘 좀 아는 척 유세를 떨며 사는 게 우리네 모습이다. 이런 우리네 모습을 있는 그대로 비춰준 거울, 그게 경허 스님이셨다.

거울 없는 거울이란 말도 경허 스님에겐 벌써 군더더기인데, 거울에 비친 허다한 그림자를 과연 어디에 쓸까?

온몸으로
글 읽기

아침에 갔다가 저녁에 돌아오는데
사계절의 풍경이 똑같지가 않아서
그것을 즐기는 즐거움도 무궁무진하다

朝而往暮而歸
四時之景不同
而樂亦無窮也

— 구양수 〈취옹정기〉에서

해가 떠오르면 숲속의 안개비가 개이고

구름이 돌아오면 바위 동굴이 어둑어둑해져서

어두워졌다 밝아졌다 하며 변화하는 것은

산간의 아침과 저녁의 풍경이요

들판에 향기로운 꽃이 피어나 그윽한 향기가 넘치고

무성한 나무에 잎이 피어나 그늘이 짙어지며

바람과 서리가 높고 깨끗해지고

물이 줄어들자 돌이 수면 위로 드러나는 것은

산간의 사계절 풍경이다

아침에 갔다가 저녁에 돌아오는데

사계절의 풍경이 똑같지가 않아서

그것을 즐기는 즐거움도 무궁무진하다

若夫日出而林霏開 雲歸而巖穴暝 晦明變化者 山間之朝暮也

野芳發而幽香 佳木秀而繁陰 風霜高潔 水落而石出者 山間之四時也

朝而往暮而歸 四時之景不同 而樂亦無窮也

구양수(歐陽脩)의 명문장인 〈취옹정기(醉翁亭記)〉에 나오는 내용
이다. 《고문진보 후집(古文眞寶後集)》에 실려 있다. 구양수가 중국의
저주(滁州)에 태수로 가 있을 때 지은 글이다. 이렇게 시작한다.

저주를 빙 둘러싸고 있는 것은 모두가 산이다. 서남쪽에 있는 여러 봉우리 중에 숲과 골짜기가 더욱 아름다워서 멀리서 바라봄에 울창하면서 깊고 빼어난 것은 낭야산이다. 산길을 따라 6~7리를 걸어 들어가노라면 물소리가 점점 졸졸졸 들려오다가 양쪽 봉우리 사이에서 왈칵 쏟아져 나오는 것은 양천(釀泉)이다. 봉우리 쪽으로 빙빙 돌면서 나있는 길을 걸어 올라가면 날아가듯 한 정자가 나타나서 양천을 내려다보며 우뚝 서있으니 바로 취옹정(醉翁亭)이다.

정자를 지은 사람은 산에 사는 스님인 지선 스님이고 정자에 취옹정이라고 이름을 붙인 사람은 태수이다. 태수가 나그네들과 함께 이 정자에 소풍 와서 술을 마시는데 조금만 마셔도 곧바로 취하고 모인 사람 중에 나이가 가장 많았다. 그래서 스스로 호를 붙여서 취옹(醉翁)이라고 했다. 취옹이라고 이름을 지은 뜻은 술에 있는 것이 아니고 산수간(山水間)에 있다. 산수간의 즐거움을 마음으로 체득해서 술 취한 것에 빗대었을 뿐이다.

그 다음에 구양수는 이 취옹정의 풍경을 묘사하고 사계절의 풍경을 그린다. 사계절 내내 아침이면 정자에 갔다가 저녁이면 처소로 돌아오는데 시시각각 풍경이 달라진다. 꽃이 피어나고 신록이 짙어지는가 싶더니 어느새 바람이 높아지고 깨끗하게 서리가 내린다. 겨울이 되면 시냇가에 흐르는 물이 쑥 줄어든다. 물이 줄어들면서 물속에 잠겨있던 돌들이 각각 제 모습을 드러낸다.

신록이 짙어가는 무렵이면 필자는 해마다 진한 감회에 잠긴다. 1992년이었던가? 한 달 내내 〈취옹정기〉와 밤낮 함께하면서 소리 내어 천 번을 읽었다. 입적하신 지 10년째 되시는 직지사 조실 스님께서 천 번을 읽으라고 하셨기 때문이다. 조금 열심히 읽었더니 문장 전체가 외워졌다. 그래서 그만 게으른 생각이 일어나 그 이후로는 거의 읽지 않았다. 글 읽는 소리가 한 이틀 들리지 않자, 조실 스님께서 조용히 부르셨다.

"왜 안 읽느냐?"

"예, 다 외웠습니다."

잠시 침묵하시더니 조실스님께서 나직하게 말씀하셨다.

"읽어라."

아, 그 나직한 한마디의 무게라니. 그 준엄한 눈빛을 잊을 수 없다. 다시 용맹정진 삼아 읽었다. 목 깊은 곳에서 피 냄새가 올라오고 난리가 아니었다. 아, 내 혀가 이렇게 굳어있다가 이렇게 풀려가는구나! 횟수를 거듭해 읽어갈수록 내용도 입체적으로 감지되었다. 한 글자 한 글자 떨어져있는 글자들이 보이지 않는 에너지로 결합되었다. 앞문장과 뒷문장이 들리지 않는 목소리로 대화를 나누고 있었다.

이왕 소개하기 시작한 김에 그 뒤에 나오는 내용도 번역문으로 함께 읽어보자. 정자 주변의 풍경을 묘사한 구양수는 이제 정자 주변을 오가는 사람들까지 그려낸다.

짐을 진 사람은 길에서 노래를 부르고, 길 가던 사람은 나무 아래서 쉬며, 앞에 가는 사람이 어서 오라고 부르고 뒤따라가는 사람이 알았다고 응답하면서 오가고, 노인 분들이 어린아이들의 손을 붙잡고 오고 가면서 행렬이 끊어지지 않는 것은 저주 사람들이 노니는 것이다.

시냇가에서 고기를 잡으니 시냇물이 깊어서 고기가 살쪄있고, 양천으로 술을 빚으니 시냇물이 시원해서 술에서 향기가 우러나온다. 산과 들에서 나오는 푸성귀와 안주가 뒤섞여서 진열되어 있는 것은 태수가 베푼 잔치다. 잔치의 즐거움은 현악기를 연주하는 것도 아니고 관악기를 부는 것도 아니다. 활을 쏘는 사람은 표적을 맞추고 바둑 두는 사람은 이겼다고 소리 지르며 벌주 잔들이 흐트러진 채로 일어섰다 앉았다 하면서 시끌벅적하게 떠드는 것은 여러 손님들이 즐거워하는 것이고, 푸른빛이 살짝 감도는 얼굴에 백발로 그 사이에 무너지듯이 드러누워 있는 것은 태수가 취한 것이다.

예나 이제나 중국이나 한국이나 산에 소풍을 가서 즐기는 모습은 크게 다르지 않다. 소리 내어 읽는 횟수가 500번을 돌파하자 입으로 소리 내어 읽는 문장을 따라서 머릿속에서는 살아있는 입체 그림 동영상이 돌아가기 시작했다. 잔칫상이 실제로 눈앞에 펼쳐지는 듯하기도 하고, 활쏘기 내기 하는 사람과 바둑 두는 사람이 바로 앞에 있는 것 같기도 하고, 앉았다 일어났다 하는 사람들이 바로 옆에 있는 것처럼 느껴지기도 했다. 그 시끌시끌한 와중에 세상모르고 드러누워 있는 태수의 코 고는 소리가 들릴 듯도 했다.

뒷부분의 내용은 석양이 찾아오면서 소풍을 파하고 집으로 돌아오는 장면을 묘사한다.

이윽고 석양이 서산에 걸리고 사람들의 그림자가 어지러이 흩어지는 것은 태수가 돌아가고자 함에 따라왔던 손님들이 집에 갈 채비를 하는 것이고, 숲이 어둑어둑해지는데 새 울음소리가 나무를 오르락내리락하는 것은 노닐던 사람들이 떠나가자 새와 짐승들이 즐거워하는 것이다.

처음에는 글로만 보이던 내용들이 소리 내어 읽는 횟수가 천 번에 가까워지면서 석양과 사람들의 움직임이 점점 눈에 선해지고 숲에서 오르락내리락하면서 짹짹거리는 새소리가 써라운드 음향처럼 들려왔다.

구양수는 이제 〈취옹정기〉라는 글을 마무리한다.

그러나 새와 짐승들은 산림(山林)의 즐거움은 알지만 사람들의 즐거움은 알지 못하고, 사람들은 태수와 함께 노닐면서 즐거워하지만 태수가 사람들이 즐거워하는 것을 즐거워하고 있다는 것은 알지를 못한다. 취해서는 그 즐거움을 함께하고 깨어나서는 그 즐거웠던 일을 문장으로 써낼 수 있는 사람은 누구인가? 바로 여릉에서 온 구양수이다.

그 무렵 천 번을 읽고 나서 조실스님께 깊이 감사를 드렸다. 해를 더해갈수록 감사드리는 마음이 더 깊어지고 넓어진다. 말로 다 표현할 수 없는 감사함이 있다. 조실스님께서 말씀하셨다.

"이렇게 짧은 문장이라도 푹 읽어놓으면 어릴 때 우두 주사를 맞은 자국이 크면서 점점 커지는 것처럼 생각 속에서 점점 커지고 깊어지고 넓어지느니라."

다 그런 건 아니지만 요약본을 읽거나 책 전체에서 몇 줄 인용해놓고 그 책을 읽었다고 하는 사람도 아주 가끔 더러 있는 시대이다. 실로 통탄스러운 일이다.

몽유록

사람도 오래 만나야 그 사람의 진면목을 알 수 있다. 물론 몇 번 만나고 나면 시큰둥해지는 경우도 아주 없지는 않다. 허나 글은 푹 읽을 일이다. 고전의 경우에는 더욱 그렇다.

신록이 짙어져만 간다. 고전의 한 구절이라도 내 사색의 뜰에서 저 신록보다 더 짙게 스며들었으면 하는 마음이다.

오뚝이

이생에 대한 미련
내 이미 끊었으니
물과 구름 사이에
자취를 드리우리라

此生吾已斷
棲迹水雲間

— 김시습 〈만의(晚意)〉에서

몽유록

오뚝이를 생각해본다. 한자로는 부도옹(不倒翁)이라고 표현한다. 넘어질 듯 넘어질 듯 결코 넘어지지 않는 늙은이라는 뜻쯤 된다.

최영년(崔永年, 1859~1935)이라는 사람이 쓴 시가 한 수 있다.

> 모양은 사람 같지만
> 비슷할 뿐 진짜는 아니라네
> 그런데 어찌하여 사람은
> 이 나무 인형만도 못할까
> 백 번 천 번을 넘어져도
> 다시금 스스로 일어서니
> 스스로 제정신을
> 지니고 있는 것이로다
> 形如人類類非眞　人豈不如此偶人
> 百倒千顚還自立　自家能有自精神

최영년이 19세기 중엽에 엮은 《해동죽지(海東竹枝)》에 실려 있다. 오뚝이가 넘어져도 다시 일어설 수 있는 것은 하단전에 중심추가 있기 때문이다. 하단전이란 말이 좀 추상적이긴 한데 사람으로 치면 방광과 대장·소장과 신장이 튼튼하게 중심을 잡고 있다고 보면 된다. 대장과 소장이 튼튼하면 컨디션이 좀 떨어졌다가도 얼마든지 거뜬히 일어설 수 있다. 그러나 대장이 흐물흐물 힘이 없으면 계단을 오르다 주저앉고 무릎까지 다치게 되는 경우가 더러 있다. 더 간단하게 말해본다면 건강이라는 중심추가 제자리를 잡고 있으면 어떠한 어려움도 능히 극복하고 우뚝우뚝 다시 일어날 수 있다.

오뚝이 같은 불굴의 의지가 유유자적함을 만나면 시너지 효과가 일어난다. 김시습(金時習, 1435~1493)의 시 한 수를 읽어본다.

일만 골 일천 봉 너머에서
외로운 구름 새 한 마리 돌아왔구나
금년에는 이 절에서 거처하지만
내년에는 어느 산을 향해 갈는지
바람 잦아드니 솔창이 고요해지고
향 사그라지니 선실이 한가로워
이생에 대한 미련 내 이미 끊었으니
물과 구름 사이에 자취를 드리우리라
萬壑千峯外　孤雲獨鳥還　此年居是寺　來歲向何山
風息松窓靜　香銷禪室閑　此生吾已斷　棲迹水雲間

소나무 창가에 바람이 잦아들고 선실에 향이 사그라지는 동영상이 돌아간다. 물과 구름 사이에 자취를 드리우는 것도 멋들어진 일이지만, 빌딩과 아파트 사이에 서식하는 것도 사실은 해볼 만한 일이다. 산 위로도 해는 뜨고, 바다에서도 뜨고, 산 너머로 해는 지고, 빌딩 사이로도 진다. 시골 사람과 서울 사람이 해가 어디에서 뜨고 어디로 지는지 다투었다는 얘기는 이제는 그저 흘러간 얘기일 뿐이다.

김시습이 지은 해학소설 속에서도 시골 선비와 서울 선비가 만난다. 옛날 선비들은 시를 지어 내기하는 것을 즐겼던 모양이다. 형색이 꾀죄죄한 시골 선비에게 서울 선비가 시 한 수를 건넨다.

我觀鄉之賭
怪底刑體條
不知諺文辛
何怪眞書沼

언뜻 보면 뜻이 잘 들어오지를 않는다. 각 구 끝의 네 글자는 사실 한글 뜻으로 읽어야 한다. '도(賭)'는 도박 즉 '내기'라는 뜻이지만 여기에서는 그 훈의 음을 차용하므로 '향지도(鄉之賭)'는 '시골내기' 즉 시골 출신이란 뜻이다. '조(條)'는 '가지'라는 뜻이지만 여기에서는 그 훈의 음을 차용하므로 '형체조(刑體條)'는 '몸가짐'

이다. '신(辛)'은 '쓰다'라는 뜻이지만 여기에서는 그 훈의 음을 차용하므로 '언문신(諺文辛)'은 '언문을 쓴다'라는 뜻이다. '소(沼)'는 '못'이라는 뜻이지만 여기에서는 그 훈의 음을 차용하므로 '진서소(眞書沼)'는 '진서 즉 한문을 못한다'는 뜻이다. 참고해서 시를 해석하면 다음과 같다.

> 내가 시골내기를 보아하니
> 괴이할 손 몸가짐이여
> 언문을 쓰는 것도 알지 못할 터이니
> 한문 못함을 무어 괴상타 하리오

그래 놓고 서울 선비는 시골 선비에게 화답을 하라고 재촉했다. 시골 선비는 시를 잘 못한다고 사양을 거듭했다. 서울 선비가 시에 화답하지 않는 것은 나를 업신여기는 것이니 방에서 쫓아내버리겠다고 윽박지른다. 시골 선비가 마지못해 즉석에서 좌르륵 한수 지었다.

> 我觀京之表
> 果然擧動戎
> 大底人物貸

不過衣冠夢

이 시에 나오는 각 구 끝의 네 글자도 훈독해야 한다. '표(表)'는 '겉'이니 '경지표(京之表)'는 '서울 것' 즉 '서울 놈'이 된다. '융(戎)'은 '되놈'이라는 뜻으로 중국 사람을 지칭할 때 많이 쓰이는 말이라는 것은 다 아는 사실이다. '거동융(擧動戎)'은 '거동이 되놈스럽구나'라는 뜻이 된다. '대(貸)'는 '빌리다' '꾸어오다'라는 뜻이므로 '인물대(人物貸)'는 '인물을 꾸어온'이라는 뜻이 되어버린다. '몽(夢)'은 '꿈'인데 '의관몽(衣冠夢)'은 벌써 짐작하고 있다시피 '의관을 꾸미다'라는 뜻으로 풀이된다. 합쳐서 번역해보면 다음과 같이 되는 것이다.

내가 서울 놈을 보아하니
과연 거동이 되놈스럽구나
대저 인물도 꾸어온 것일 뿐이니
의관을 꾸민 것에 불과하구나

'서울 놈'이 정신이 번쩍 들었을지 말았을지 너무 정색을 하고 따질 일은 아니다.

벌써 겨울이 다 가고 있다. 오뚝이처럼 쓰러질 듯하다가 벌떡 일어나기도 하고, 한적한 유유자적함도 즐기면서 해학을 놓치지 않을 일이다. 오뚝이처럼 일어나기만 하면 지치기 쉽고, 유유자적함만 찾다보면 솔바람도 지겨워진다.

저 남쪽 시골 어느 마을 입구에 지금쯤 매화나무가 꽃을 피우려 뿌리를 단단히 세우고 있을 것이다. 설이 지나면 봄이 어느새 우리 곁에 와있는 것이다.

어느 지인이 들려준 구절을 읽으면서 아직은 차가운 바람에 옷깃을 세워본다.

매화는 한파의 고초를 겪은 덕에
맑은 향기를 뿜어낸다네
梅經寒苦發淸香

풀강아지

말을 많이 하다가
자주 곤궁하게 되는 것이
중심자리를 지키고 있는 것만
못하다네

多言數窮
不如守中

—《노자》에서

"너무 가까이 다가가지도 않고, 그렇다고 멀리 떨어지지도 않는다"라는 것이 말은 쉽지만 실제 삶의 현장에서 그렇게 중심을 잡기란 그리 녹녹치 않다.

《노자(老子)》의 한 구절을 읽어본다.

천지는 어질지 않아서
만물을 풀강아지로 여긴다네
天地不仁 以萬物爲芻狗

'풀강아지'는 제사 지낸 음식을 싸서 대문 밖에 놓아두고 짚으로 엮은 물건이다. 애지중지하지 않고 집착하지 않는다는 뜻으로 풀이된다. 아끼고 사랑하는 마음으로 베푸는 애견대비(愛見大悲)가 있고, 이런저런 인연을 따지지 않고 베푸는 무연대비(無緣大悲)가 있다. 아끼고 사랑하는 마음이 뭐 그리 허물될 것은 아니지만 자칫 지나치게 되면 그 마음을 받는 사람이 질식당하는 심정이 될 수 있다. 화분에 핀 꽃을 적당한 거리를 두고 바라보면서 감상하면 보는 이도 편하고 꽃도 편안하지만 너무 예쁘다고 화분을 끌어안고 춤을 추기라도 해버리면 화분 속의 흙까지도 불안해서 어쩔 줄을 모르게 되기가 쉽다.

천지가 어질지 않다는 말은 그런 의미에서 이해된다. 만물은 하늘과 땅 사이에서 나왔으니 아껴준다고 하늘과 땅이 바싹 간격을 좁혀서 화분의 꽃을 안아주는 것처럼 꽉 붙잡기라도 해버리면 중간에 있는 만물들은 스트레스를 받는 것이 이만저만이 아닐 것이다. 사람과 사람 사이로 시야를 압축해서 살펴보면 더욱 자명해진다. 낙랑 공주는 호동 왕자와 밀착된 나머지 자기네 나라를 지켜주는 북도 찢어버렸다. 그 북에게 손이 있어서 몇 줄 심정을 쓸 수 있었다고 가정해보면 역사의 페이지에 어떤 글을 남겼을까? 쓸데없는 상상인 줄 알면서도 괜히 궁금해지기도 한다.

　나라를 잘 다스리는 통치자는 백성을 어떻게 대하는가에 대해 노자는 이렇게 말한다.

성인은 어질지 않아서
백성을 풀강아지처럼 여긴다네
聖人不仁 以百姓爲芻狗

성인도 백성을 풀강아지처럼 여겨서 집착하지 않는 것이 좋은 것처럼, 백성도 성인을 풀강아지처럼 여길 수 있어야 한다.
　"이기적으로 행동하지 마시오."
　최근 신문 기사에서 읽은 교황의 말씀이다. 어느 행사에 교황이 참석했는데, 어떤 사람이 교황의 옷자락을 잡고 당기면서 놓지 않는 바람에 휠체어를 타고 있는 사람 위로 넘어졌다. 그런데도 그 사람이 옷자락을 놓지 않자, 이렇게 두 번이나 큰소리를 냈다고 한다. 눈에 보이는 옷자락이 있고, 눈에 보이지 않는 옷자락이 있다. 나도 혹여 어떤 옷자락을 붙잡아 당기고 있는 건 아닌가 돌아보게 된다. 그렇게 잡아당길 때 주변에서 보는 사람들까지 참 답답했겠지만 그 옷자락은 또 얼마나 답답했을까? 옷자락임을 포기하고 싶었을지도 모른다. 옷자락을 추슬러줄 일이지, 옷자락을 잡아당길 일은 아닌 듯싶다.

하늘과 땅 사이의 공간은
아마도 풀무의 빈 공간과 같다고 하겠구나
天地之間　豈猶橐籥乎

대장간 화로에 바람을 불어넣는 풀무는 속이 텅 비었지만 보이지 않는 에너지가 꽉 차있는 공간이다. 그렇기 때문에 작동을 시키면 바람이 뿜어져 나온다. 하늘과 땅 사이의 공간에도 그렇게 활력에너지가 사실은 가득 차있다. 달도 떠있고 해도 떠있고 수성도 떠있고 화성도 떠있다. 태양계 넘어 은하계까지 생각을 좀 넓혀보면 수를 헤아릴 수 없는 행성들이 떠있다. 사이좋게 별들끼리 입체적인 간격을 정확하게 유지하면서 떠있다. 그 거대한 공간 속에 지구도 떠있고, 그 지구 표면 어느 한 지점에 나도 잠시 와서 머물고 있다. 생각해보면 한없이 미세한 존재에 불과하다. 소동파는 〈적벽부〉에서 그러한 인간의 존재를 다음과 같이 묘사하기도 했다.

하루살이가 천지라는 거대한 공간에
잠시 몸을 맡기고 있는 꼴이요
존재의 아득함은 드넓은 바다에 떠있는
한 톨 좁쌀 신세로구나
寄蜉蝣於天地
渺滄海之一粟

그 좁쌀에 입혀져 있는 옷자락을 당기느라 보내는 시간이 그렇게 짧지는 않은 것 같다. 껍데기에 생채기가 나있는 좁쌀들끼리 서로 부딪치면서 생채기가 부풀게 만들기도 한다. 좁쌀의 생채기 틈새에 간신히 자리 잡고 있는 바이러스들마저 불안해져서 어쩔 줄 몰라 할 때도 있다. 안심바이러스라도 만들어서 좁쌀 생채기 틈새에 주입해야 할 판이다. 어떨 때는 바이러스들끼리 뜀뛰기 자랑을 한다. 어떤 바이러스는 내가 입에 물을 물고 허공에 뿜으면 좁쌀 저 반대편까지 물이 날아갈 수 있다고 자랑을 한다. 다른 바이러스는 그 물줄기를 허공에서 말라버리게 할 수 있다고 장담을 한다. 다른 바이러스들은 저 바이러스가 뿜는 물줄기를 막는 콘크리트벽을 하늘 높이 좁쌀 껍데기에 세워야 된다고 아우성을 치기도 한다. 그러거나 말거나 허공은 결코 굴하지 않는다.

텅 비었지만 쩌부러지지 않고
작동시키면 시킬수록 더더욱 바람을 뿜어낸다네
虛而不屈 動而愈出

피리를 불 때 호흡에너지가 통과하는 피리 속의 공간이 텅 비어있으면 아름다운 선율을 들려준다. 하지만 그 공간에 이물질이 들어있으면 불협화음이 나온다. 거기에다 바람을 불어넣는 호흡에너지 조절까지 순조롭지 않으면 그 불협화음이 다시 제2, 제3, 제4의 불협화음을 마구 생산해댄다. 피리 구멍들은 "저 구멍 때문에 우리가 내는 소리까지 엉망이 되고 있다"고 큰소리로 서로서로를 탓한다. 옆에 있던 피리는 또 "같은 구멍들끼리 너무 탓하지 말고 어떻게 쫌 잘 맞춰봐" 하며 저쪽 피리 구멍들의 화를 있는 대로 돋운다. 그렇게 서로서로 소리를 내면서 "저 피리 때문에 내가 제명에 못 산다"고 투덜거린다.

누군가 좁쌀 한 줌을 피리 속에 집어넣는다. 좁쌀 껍데기에 붙어있는 바이러스들은 이제 완전히 죽을 것처럼 난리법석을 떨어댄다. 피리구멍 속으로 좁쌀이 튀어나오고, 소리는 더욱 기이한 운율을 타게 된다. 어떤 사람은 속도 모르고 "참 특이하게 피리를 연주 하십니다" 하고 덕담을 건네기도 한다. 이제 피리도 좁쌀도 중심을 잡을 때가 되었다.

> 말을 많이 하다가 자주 곤궁하게 되는 것이
> 중심자리를 지키고 있는 것만 못하다네
> 多言數窮 不如守中

살아가고 있는 이 한순간, 호흡의 중심을 잡고, 마음의 중심은 또 어떻게 되어 있는지 안부를 묻고, 조고각하(照顧脚下) 하면서 발걸음까지 중심을 잡고, 그렇게 한 걸음 내딛어야겠다.

하나로 연결된
세상

회주에서 소가
풀을 뜯어 먹었는데
익주의 말이
배탈이 났구나

懷州牛喫草
益州馬腹脹

─ 두순조사(杜順祖師) 〈법신송(法身頌)〉에서

가슴이 아프다. 세월호의 아픔은 오랜 세월 여러 많은 사람의 가슴을 아프게 할 것이다. 모두의 지혜와 사랑과 자비를 함께 모아야 할 때이다. 직접적인 아픔을 겪고 있는 분들에게는 지금 그 어떤 말도 위로가 되지 않는다.

저 세월호 여객선은 또 무슨 업보를 받고 있는 것이며 진도 앞바다도 무슨 고생을 하고 있는 것인가? 참으로, 참으로 안타까운 일 투성이다.

시방삼세 제불보살님 전에 이번 사태로 인해 직접적인 아픔과 간접적인 아픔을 겪고 있는 분들의 아픔이 속히 치유되고 원만하게 모든 이들이 더욱 정진하고 참회하는 계기로 삼게 되도록 해주십사, 재삼 간절하게 축원을 올린다.

법당에도 연등이 걸리고 절 마당에도 연등이 걸리고 거리에도 속속 연등이 걸리고 있다. 저 세월호의 선실에도 연등이 밝혀지고 진도 앞바다 바닷속 깊은 곳에도 연등이 밝혀지길 기원 올린다.

우리 몸과 마음에도 어서어서 연등이 걸리고 동시에 환하게 밝아져야 한다. 통증이 있는 부위마다 연등이 환하게 밝아지면 건강을 회복할 수 있다.

대장의 길이는 보통 1.5m라고 하고 소장의 길이는 대략 4.5m 정도가 된다고 한다. 합계 6m 정도의 소장과 대장 전체가 연등을 연결시키는 전깃줄이 되어서 우선 소장과 대장의 세포마다 연등 전구가 환하게 켜지면 얼마나 좋을까?

연등의 전구에 불이 들어오지 않는 것은 그곳에 공급되어야 할 전기에너지가 단절되어 있기 때문이다. 전기에너지가 단절되도록 하는 어떤 일을 내가 했고, 단절되게 하는 생각을 했기 때문이다. 신체 세포의 전구에 환한 불이 들어오도록 하는 방법이 있다. 바로 전구가 꺼져서 통증을 일으키고 있는 부위에 진심으로 간절하게 참회의 마음을 보내는 것이다.

그 전구에 연결되어 있는 전깃줄과 전구에 나의 지심참회가 전달되면 틀림없이 끊어질 듯 당기고, 저리고, 쑤시고, 아프던 전구에 불이 환하게 켜진다.

어떻게 참회할 것인가? "미안합니다" 하고 나지막하게 소리를 내도 좋고 마음속으로 끊어질 듯 꺾어질 듯 도려내는 듯한 부위를 떠올리면서 마음속으로 "미안합니다" 하고 마음을 보낸다. 한두 번의 "미안합니다"로 전구가 쉽게 켜지지는 않는다.

몇 시간, 며칠, 몇 달을 쉼 없이 진심으로 마음을 보내면 그 통증 부위의 전구에 반드시 불이 환하게 켜진다.

나의 위장이 얼마나 지쳐있는지 생각을 해보기가 쉽지 않다. 술 먹은 다음날 새벽 속이 쓰려오면 약국에서 위장약을 구해다가 대강 입에 털어 넣는 것으로 자신의 위장에게 할 일을 했다고 생각해버린다.

입장을 바꿔 '위'의 처지에서 생각해보자.

기진맥진 지쳐서 부드럽고 영양가 높은 음식물이 들어와도 선뜻 움직이고 싶은 생각이 없는데 부드럽기는커녕 독하고 탁한 알코올을 이 인간이 밤새 들이붓는다. 가끔은 기름기가 줄줄 흐르는 음식물이 들어와서 짓누른다. 깎여나가거나 약해져 있는 위벽은 찰나, 찰나 죽을 지경이다.

어떻게, 어떻게 대충 비벼서 소장으로, 음식시멘트를 소장으로 내려 보내려 하는데, 지친 비장이 도움물질을 제대로 생산하지 못하고 췌장과 십이지장도 지칠 대로 지쳐 있어서 내려 보내기가 쉽지 않다.

또 어떻게, 어떻게 소장으로 밀어보려 하는데 대장부터 소장을 거쳐 역류해 들어오는 가운데 문에 '위'는 또 한 번 숨이 콱콱 막힌다. 에라, 모르겠다. 식도로 밀어 올려버리자. 식도는 무슨 죄가 있겠는가? 들어왔던 입속으로 있는 힘을 다해 밀어버린다.

순하게 내려가면 문제가 없지만 이렇게 역류하게 되면 신체기관이 한마디로 절단이 난다. 연등의 전깃줄이 뒤엉키고 곳곳에 가지런하게 배열되어 있는 전구들도 서로 뒤엉키면서 희미하게 켜져 있던 불마저 꺼져버린다. 단선되고 어떤 부분은 합선이 되고 역류하고 아비규환이 따로 없다.

잘 달래가면서 전깃줄을 바로잡고 전구의 상태를 점검해서 고

치면 될 터인데 이 인간이 아예 전깃줄을 통째로 끊어 던져버리 겠다고 덤비는 경우가 있다. '위'의 입장에서 생각해보면 참으로 환장할 노릇이다.

화엄사상을 설명하는 게송이 있다.

회주에서 소가 풀을 뜯어 먹었는데
익주의 말이 배탈이 났구나
천하에서 의원을 찾아내어
돼지의 왼쪽 넓적다리에 뜸을 뜨지어다
懷州牛喫草　益州馬腹脹
天下覓醫人　灸猪左膊上

회주와 익주는 모두 중국에 있는 지역의 지명이다. 엄청나게 멀 리 떨어져 있다. 서울에서 부산보다도 더 멀리 떨어져 있는데, 직 접적인 영향을 미친다. 회주의 소가 풀을 뜯어먹는다. 그런데 같 은 소도 아닌 익주의 말이 배탈이 나서 배가 부풀어 오른다.

진도 앞바다에서 일어난 가슴 아픈 일이 진도 앞바다에서 끝 나는 게 아니라, 지금 지구촌 전체를 가슴 아프게 하고 있다. 필자 도 며칠 전에 이 원고를 쓰려고 만년필을 들었다가 도저히 글이 써지지 않아서 마감시간이 목구멍에 걸려서야 겨우겨우 쓰고 있다. 강원도 깊은 산골에 있는 법당에서 '무사생환' 기도를 올리고 있다. 한반도 안에서만 보아도 종교와 연령과 지역을 초월해서 한마음으로 안타까워하면서 기도를 올리고 있다.

사고가 난 이후에 짚어보면 그 사고가 날 수밖에 없는 과정을 틀림없이 만들어놓고 있다. 위장에 탈이 날 수밖에 없게 자신의 몸속 연등 전깃줄을 스스로 틀림없이 꼬아놓은 것처럼.

이제 천하의 명의를 찾아서 돼지의 왼쪽 넓적다리에 뜸을 떠야 한다. 명의도 찾아야 하고 돼지도 찾아내야 하고 찾은 다음에는 움직이지 않도록 잘 조치를 취해야 한다. 뜸을 뜨다가 뜨겁다고 몸부림치다가 난동을 부리기라도 하면 사태가 어떤 방향으로 악화될지 모르기 때문이다.

가장 훌륭한 명의는 우리 모두의 마음이 지혜와 사랑과 자비로 가득 차는 것이다. 그렇게 가득 찬 지혜와 사랑과 자비가 진도 앞바다로 전해지고 수면 아래 가라앉아 있는 선체로 전달되고 구조 실무를 맡고 있는 사람들에게 전달되는 일이다.

'부처님 오신 날'이 다가온다. 봉축행사를 엄숙하게 치르는 방향으로 의견이 모아졌다. 여러 가지 생각이 들기도 하는 게 현실이지만, 생사고해를 여실하게 느끼도록 해주는 이 시기에 부처님께서 오시니 과연 부처님이시다.

부처님께서 하시는 일은 아픈 중생들의 몸과 마음을 따뜻하게 어루만져 주시는 것 아닌가? 우리가 할 일은 부처님의 손이 되고 발이 되어 이 땅이, 우리가 살고 있는 이 시대가 부처님 땅이 되고 부처님 시절이 되도록 하는 일일 것이다.

곰곰이 생각해보면 '지구'가 생사고해에 아득하게 떠있는 '세월호'이다. '지구 세월호'의 연등 전깃줄이 모세혈관 곳곳까지 잘 연결되어 왔는지 잘 살펴볼 일이다.

지구촌 곳곳 구석구석에 있는 연등 전구의 필라멘트들은 각각 이상이 없는지 눈을 번쩍 뜨고 살필 일이다.

아침 종송(鐘頌)에 나오는 한 구절로 내 마음을 추슬러본다.

이 몸을 금생에서 건지지 않는다면
다시 어느 생을 기다려서 이 몸을 건지겠는가
此身不向今生度
更待何生度此身

나무아미타불 나무아미타불 나무아미타불

지극한
선

대학의 공부 방법은
밝은 덕을 밝히는 데 있으며
백성을 새롭게 하는 데 있으며
지극한 선에 머물게 하는 데 있다

大學之道
在明明德
在親民
在止於至善

—《대학》에서

《대학(大學)》에서 말하셨다.

　대학의 공부 방법은
　밝은 덕을 밝히는 데 있으며
　백성을 새롭게 하는 데 있으며
　지극한 선에 머물게 하는데 있느니라
　大學之道 在明明德 在親民 在止於至善

　정자(程子) 선생께서 '친민(親民)'은 '신민(新民)'으로 읽어야 한다
고 하셨다. '백성을 새롭게 한다'는 뜻이다. 이 《대학》의 첫 구절에
대한 주자(朱子)의 해설을 들어보자.

　'대학'은 대인의 학문이다
　'명'은 밝게 한다는 뜻이다
　'명덕'은 사람이 하늘에서 얻은 것으로
　텅 비어있고 신령스러우며 어둡지 않아서
　뭇 이치를 갖추고 있으면서 온갖 만사에 응하는 것이다
　大學者 大人之學也 明明之也
　明德者 人之所得乎天而虛靈不昧
　以具衆理而應萬事者也

'허령불매(虛靈不昧)'는 우리의 마음을 설명하는 말이다. 텅 비우면 신령스럽게 알아서 저절로 자연스럽게 작용이 펼쳐진다. 어두운 구석도 사라진다. 문제는 텅 비어있는 창고에 욕심이라는 물품을 하나둘 채우면서 시작된다. 기실 사랑과 관심이라는 이름으로 우리는 우리 자신을 칭칭 동여매고 있는 경우가 더러 없지 않다. 나 자신만 동여매는 것이 아니라 자식과 남편과 아내와 가족과 연인을 동여맨다. 동여매고 있는 밧줄을 급기야 당기고 당겨서 한 번 더 얽어매면서 "내가 그대에게 이렇게 관심을 크게 가지고 있다"고 말한다. 혹자도 나에게 "국적은 바꿀 수 있어도 학적은 바꿀 수 없다"고 엄포를 놓으면서 동문이라는 이름으로 밧줄을 당겨댄다. 확인된 사실과 거리가 멀긴 하지만 염라대왕도 한국 출신의 동문 모임들 때문에 골머리가 아플 때도 있다고 한다.

새해에는 이런 밧줄 저런 밧줄 다 훌훌 풀어버리고 살아볼 일이다. '명명덕(明明德)' 밝은 덕을 밝힐 일이다. 이 명덕은 하늘에서 받은 것이다. 어느 특정인만 받는 것이 아니고 누구나 다 받는다. 거기에는 온갖 이치와 원리가 다 갖추어져 있다. 아인슈타인은 그 원리와 이치를 5퍼센트쯤 활용했다고 한다. 우리나라 대부분의 시험제도는 그 원리와 이치를 밝히고 갈고 닦는 쪽으로 가고 있을까? 아니면 그 원리와 이치는 무시하고 단편적인 단순 지식의 조합 능력을 극대화시키는 쪽으로 가고 있을까?

그런 와중에도 눈 밝은 분들은 있기 마련이다. 어느 대학교수님은 한시(漢詩) 시험문제를 내놓고 전날 잔뜩 알코올과 데이트를 한 학생이 "시는 술이다" 하고 짧게 쓴 답안지에 에이플러스 학점을 주었다고 한다.

원리와 이치가 갖추어져 있는 밝은 덕인 '마음'을 밝혀야 다른 사람을 새롭게 할 수 있다. 수학문제도 문제를 풀이하는 원리가 파악된 선생님이 설명하면 학생에게 그 원리가 말 없는 가운데 전달되지만 답만 외운 선생님이 10시간 하고 10분 더 설명하면서 목이 쉬더라도 학생은 집에 가서까지 고개를 갸우뚱거린다.

나 자신의 밝은 덕을 밝히고 서로가 다른 사람까지 새롭게 해주어 우리 모두가 밝아진다면 다함께 지극한 선[至善]의 세계에서 함께 노닐 수 있을 것이다.

밝은 덕이 어두워지는 이유에 대해서 주자는 다음과 같이 설명한다.

다만 기질과 품성에 구애되고
사람들의 욕심에 가려지면
때때로 혼미해지기도 한다
但爲氣稟所拘 人欲所蔽 卽有時而昏

벌건 대낮에 보석가게에서 다른 사람이 다 보고 있는데 보석을 들고 그냥 나가려는 사람을 붙잡았다. 얘기를 들어보니 그 순간에는 오로지 보석만 보이고 가게 주인도 주위의 손님도 보이지 않았다고 한다.

지극히 상식적인 이야기지만 나만 보이는 사람끼리 마주 앉으면 두 사람의 입에서 나오는 얘기는 들어보지 않아도 짐작된다. 우리 가족만 보이고, 우리 동문만 보이고, 우리나라만 보이고, 우리 편인 사람만 보이는 상태에서 나오는 말과 행동도 더 이상의 설명이 필요 없다.

주자는 이어서 희망적인 설명을 잊지 않는다.

그러나 그 본체의 밝음은
일찍이 작동이 멈춘 적이 없다
然其本體之明 則有未嘗息者

이기적으로 보이는 말과 행동도 창문이 좀 덜 열려서 그럴 뿐이지 사실은 본래 밝음에서 나오고 있는 작용들인 것이다. 그 '이기(利己)'의 폭을 조금씩 넓히고 깊이를 차츰차츰 더하게 해주기만 하면 '이기'와 '이타(利他)'를 동시에 갖추는 작용이 될 수 있다.

'지선(至善)'은 만사 사리의 이치가 당연히 그렇게 되게 되어 있는 표준이다. '명명덕(明明德)'과 '신민(新民)'이 모두 지극한 선의 경지에 머물러서 다른 곳으로 옮겨가지 않음을 말하고 있으니, 이 세 가지가 대학의 강령(綱領)이다. '강(綱)'은 잡아당겼을 때 그물 전체가 들어 올려지는 벼리이고, '영(領)'은 옷이나 몸 전체를 잡아서 들어 올리는 목 부분이다. 대학의 내용이 다양하게 전개되고 설명되지만 이 세 가지에 전부 포함되어 있다는 말이다.

불교(佛敎)에서 말하고 있는 '깨달음[覺]'도 다르지 않다. 자각(自覺)과 각타(覺他)와 원만각(圓滿覺)에서 '자각'은 본래 밝은 덕을 밝히는 것이다. '각타'는 다른 사람까지도 새롭게 하는 것이고, '원만각'은 그렇게 서로가 밝아지고 새로워져서 지극한 선의 이치에 함께 노니는 것이다.

원효(元曉) 스님께서도 〈발심수행장(發心修行章)〉에서 다음과 같이 말씀하셨다.

자리행과 이타행을 함께 갖추는 것은
새의 두 날개와 같은 것이다
自利利他 如鳥兩翼

새해에는 지극한 선으로 향하는 길[道]을 따라 나도 이롭게 하고 남도 이롭게 하는 걸음으로 한 발씩 나아가자.

머물 자리를
알아야

꾀꼬리도 머물러야 할 곳에 머물 줄 아는데
사람이 새만 못해서야 되겠는가

於止 知其所止
可以人而不如鳥乎

—《대학》에서

도시에서든 시골에서든 까치집이 있는 나무가 보인다. 쭉 늘어선 은행나무 중에 까치는 어떤 기준으로 나무를 골라서 집을 짓는 것일까? 연구를 많이 한 어떤 분은 "까치집이 있는 나무 근처에는 명당에 흐르는 좋은 지기(地氣)가 흐른다"고 말한다. 충분히 일리 있는 말씀이다. 태풍을 피하기 위해서 바람 길도 고려하고, 새끼를 잘 키우기 위해서 땅 밑에서 올라오는 지열도 봐가면서 집을 지을 테니, 까치집이 있는 곳은 사람이 살기에도 좋은 명당이라 봐도 무리가 없을 것이다.

까치와 달리 사람들은 마구 집을 짓는 경향이 있다. 물론 이것저것 살펴서 짓기도 하지만 재개발이라는 이름과 리모델링이라는 미명으로 부수고 다시 짓는 일을 서슴지 않고 있다. 잘 낫지 않는 이런저런 병과 우리 주거 환경이 어떤 관계가 있는지를 연구하는 분야가 앞으로 분명히 활성화될 것이라고 필자는 생각하고 있다.

원효 스님이 창건했다고 하는 절은 산속 깊은 곳에 있는 경우가 많다. 그 시절 헬기를 타고 공중에서 내려다보면서 터를 잡은 것도 아닐 텐데 어쩌면 그렇게 절묘한 명당 터에 지은 것일까? 감탄이 그치지 않는 경우가 많다.

첨단과학의 힘을 빌려서 짓고 있는 현대식 건물도 물론 훌륭하다. 하지만 요컨대 집은 집이 있어야 할 자리에 있을 때 좋다. 까치집처럼. 사람은 자기가 있어야 할 위치에 있을 때 아름답다. 있어야 할 위치는 직장의 직위도 되고, 한국이냐 미국이냐 하는 공간도 되고, 어느 시대인가 하는 시간도 될 수 있다. 2002년 월드컵에서 뛰었던 한 유명 축구선수가 "호날두나 메시 같은 선수가 우리 시대에 뛰었더라면 최고가 아니었을지도 모른다"고 했다.

그 선수의 이름은 루이스 피구이다. 이 선수와 동시대에 뛴 선수는 지네딘 지단, 데이비드 베컴 등등의 선수이다. 호날두 선수도 저 앞의 말을 듣고 수긍할 듯하다.

있어야 할 자리에 있을 때 아름답다. 그렇다면 있어야 할 위치를 벗어날 경우에는 어떻게 될까? 거리를 걷다 보면 보도블록 몇 개가 튀어나와 있는 것이 보일 때가 있다. 서울시의 보도블록은 재료가 무엇이기에 그토록 빠르게 쓸모가 없어져서 거의 매년 교체하는 건지 알다가도 모르겠고, 사실은 알고 싶지도 않다. 있어야 할 위치를 벗어난 보도블록은 자신도 불편할 뿐만 아니라 지나가는 사람의 발을 걸기도 하고, 심지어는 발목을 부러뜨리기도 한다.

《대학(大學)》에서 《시경(詩經)》에 나오는 구절을 인용해 다음과 같이 말하고 있다.

　　《시경》에서 "꾀꼴 꾀꼴 저 꾀꼬리 언덕 모퉁이에 머물면서 노래하네"라고 하였다.

공자님께서 이를 두고 "머물러야 할 곳에 머물 줄 아는 것이니, 사람이 새만 못해서야 되겠는가"라고 말씀하셨다.

詩云 緡蠻黃鳥 止于丘隅 子曰 於止 知其所止 可以人而不如鳥乎

여기에 인용되어 있는 시구는 《시경》 소아(小雅)의 〈면만(緡蠻)〉에 나온다. '면만(緡蠻)'은 새 울음소리다. 의성어인데 글자로만 파악하고 읽으려면 곤란한 경우도 있다. 조선 시대 어느 임금은 "이 '면만'이 무슨 뜻이냐?"고 신하들에게 깊이 따져 물은 경우도 있다. 필자는 지금 한국 사람들의 보통 정서에 맞게 황조(黃鳥) 즉 노란 꾀꼬리의 울음소리인 '꾀꼴 꾀꼴'로 번역했다.

만약 어떤 외국인이 한국말 공부를 열심히 하고 싶다고 하면서 저 '꾀꼴 꾀꼴'의 의미를 물어오면 뭐 녹음해서 소리를 들려줄 수도 있겠지만 "새의 울음소리"라고 설명할 수밖에 없을 것이다. 언덕 모퉁이는 숲이 우거진 곳이다. 공자님께서 이 《시경》의 구절을 인용한 까닭은 사람은 마땅히 머물러야 할 곳을 알아야 한다는 것을 말해주기 위해서이다.

아침저녁 뉴스에 떠들썩한 소식들 중 늘 빠지지 않는 한 가지는 높으신 분들의 본분에 맞지 않는 행태에 관한 추문이다. 현재 자신이 맡고 있는 직위나 위치가 거대한 우주연극에서 잠시 나에게 맡겨진 배역임을 잊어버린 사람들의 행태가 한편으론 안타깝고 애처롭기까지 하다. 성직(聖職)도 임시로 맡고 있는 배역일 뿐이다. 한판 연극무대의 조명등이 꺼지고 나면 무슨 뼈다귀나 있겠는가? 텔레비전 드라마에서 왕비 역을 맡아서 좋은 연기를 보여주면 아낌없이 박수를 보낼 수 있지만 그 배우가 백화점에 가서 왕비 노릇을 진짜로 하려 든다면, 그 꼴이 무슨 꼴이 되겠는가? 나부터 지금 나의 시공간적 위치가 어떤지 점검하고 반성해 볼 생각이다.

《중용(中庸)》에 이런 구절이 있다.

충서와 도의 거리가 멀지 않으니
자기 자신에게 베풀어 보아서 원하지 않는 것이면
다른 사람에게도 베풀지 말라
忠恕違道不遠 施諸己而不願 亦勿施於人

"남이 나에게 했을 때 싫은 것은 나도 남에게 행하지 말라"는 뜻을 담고 있는 구절이다. 이 구절에서 '충(忠)'은 자기의 마음을 극진하게 다하는 것이고 '서(恕)'는 자신의 처지나 마음을 미루어서 다른 사람의 마음이나 처지를 이해하는 데 생각이 미치는 것이다. 불교식으로 표현하면 '충'은 자리(自利)이고 '서'는 이타(利他)이다.

다른 사람이 나를 무시하는 것이 싫을 때 '내가 다른 사람을 무시하면 그 사람이 싫어하겠구나' 하고 알아차리라는 참으로 간단한 말씀이다. 보다 적극적으로 풀이하면, 다른 사람이 좋아하는 말은 많이 베풀 수 있으면 베풀어도 좋다는 말이다. 자원봉사는 얼마나 아름다운 일이던가.

봄이 가까이 다가왔다. 어느 가수의 노래가사처럼, 내가 떠나온 것도 아니고 내가 떠나보내는 것도 아닌데, 이 놈의 계절은 잘도 왔다가 잘도 가고 또 잊어버리지 않고 잘도 찾아온다.

개나리들은 벌써 저 깊이 들어 있는 잔뿌리에서 노란 꽃잎들을 밀어 올리고 있다. 진달래의 분홍빛 고운 꽃잎은 나무 밑둥치까지 거의 다 올라와 있다. 앙상한 듯 보이는 은행나무들도 땅바닥 속 뿌리들은 이미 푸릇푸릇한 잎을 언제든지 저 나무꼭대기까지 전달할 준비가 되어 있다고 말하고 있다.

제자리, 머물러야 할 자리에 머물고, 그렇게 머문 자리에서 아름답게 꽃을 피우고 또 흥겹게 노래하자. 저 언덕의 한 마리 새처럼, 저 길가에 늘어선 수많은 개나리처럼.

산마루 넘는
구름처럼

누가 갑자기 깨달음의 길을 묻는다면
말없이 그냥 흰 구름 사이로 돌아가리

如人忽問菩提道
不答自歸白雲間

— 만공선사 〈도비산 부석사에 올라〉에서

양(梁)나라 무제(武帝)의 친구이자 조언자였던 도사(道士) 도홍경(陶弘景)은 어린 시절부터 총명해서 젊은 나이로 궁중에 들어가 황제의 자녀들을 가르쳤다고 한다. 그러다 마흔두 살에 궁을 나와서는 구곡산(九曲山)으로 들어가 칩거하면서 도교(道敎)를 연구하고 실천하는 생활에 열중했다. 그가 은거한 후 무제는 옛 친구가 그리워 궁궐로 자주 그를 초대했다. 그런데 왔다가는 바로 산으로 가버리고, 또 부르면 마지못해 왔다가 숙박도 하지 않고 또 줄행랑을 치곤했다. 하루는 양무제가 물었다.

"산속에 예쁜 애인이라도 숨겨두셨습니까? 뭐 좋은 포도주라도 감춰두셨습니까? 도대체 산속에 뭐가 있기에 그리 바삐 산으로 도망치십니까?"

도사님이 입가에 미소를 띠며 대답했다.

"고갯마루에 흰 구름이 많지요."

"그까짓 구름이 뭐 대단하다고 임금인 나까지 팽개치고 부리나케 돌아간단 말입니까?"

해서 도홍경이 시를 한 수 지어 임금에게 올렸다.

산속에 뭐가 있냐고요?
산마루에 흰 구름이 많지요
제 마음 속으로만 즐길 뿐

임금님께 가져다 드릴 수는 없군요

山中何所有　嶺上多白雲

只可自怡悅　不堪持贈君

　　도홍경이 부리나케 구곡산으로 돌아간 까닭은 무엇일까? 궁궐 위에 뜬 구름보다 구곡산 마루에 걸린 구름을 더 사랑해서였을까? 아마 구름처럼 가볍게 살고 싶어서였을 것이다. 아무리 용을 써도 도무지 자유로울 수 없는 곳이 궁궐이었기 때문이리라.

　　하긴 자유롭고자 용을 쓰는 것도 사실은 자유롭지 못한 자들의 행동이다. 하늘에 떠 두둥실 흘러가는 저 구름은 자신이 자유롭다고 생각해본 적도 없고, 도홍경이 자신을 그리 좋아했다는 것도 알지 못하고, 지금 내가 자신을 들먹거리고 있는 것도 알지 못할 것이다. 혹 안다고 해도 무심(無心)할 것이다.

　　셰익스피어에게 "당신은 영어를 참 잘하시는군요!" 하고 감탄하면 셰익스피어가 뭐라고 할까? 씩~ 한 번 웃고 말 것이다. 아마 흰 구름도 양무제가 "저 까짓 것!" 하며 입꼬리를 삐죽이건, 도홍경이 "참, 부러워요!" 하고 박수를 치건, 지금 내가 어설픈 말솜씨로 이리 뒤집고 저리 뒤집건, 씩~ 한 번 웃고 말 것이다.

　　중산(中山) 안묵하 선생이 인사동 예당 갤러리에서 선화전을 가졌다. '생동하는 기운'이 이번 전시회의 기획주제이다. 차 한 잔 마시러 들러 초대장을 읽어보았다. 작가는 스스로 쓴 초대의 글 말미에 자신의 그림에 대해서 이렇게 평하였다.

"나의 그림은 새의 똥과 같다."

그리고 그 까닭까지 아랫줄에서 친절히 밝혔다.

"더욱 가벼운 존재가 되고자 자신을 비우는 것이다."

묵하 선생의 그림이 새똥이라면 지금 나의 이 글은 새똥이 땅에 떨어졌을 때 묻는 흙먼지쯤 될 것이다. 아등바등 허우적거리다가 제정신이 들 때쯤, 도홍경 선생에게 구름 구경 한번 제대로 시켜달라고 문자라도 한 통 보내야겠다.

나는 지금 이 글을 카페에서 쓰고 있다. 옆에서 검정개가 컹컹 짓는다. 어느 손님이 "왜 짓는 거지요?" 하고 묻자, 사장님이 대답한다.

"자기 영역을 침입했다고 그래요."

자기 것을 건들면 사정없이 덤비는 게 저 개뿐일까?

'나'를 내세우고, '내 것'을 집착하는 게 저 창밖의 어리석은 중생들 얘기일까?

"'나'도 없고 '내 것'도 없다"고 읽고 말하는 자들은 정말 사소한 내 것들 앞에서 파르르 떨지 않는가? 이런 말들을 주절주절 늘어놓는 이놈은 또 예외일까?

만공(滿空, 1871~1946) 스님께서 지은 〈도비산 부석사에 올라[登

島飛山浮石寺〕라는 시를 읽어보자.

> 봄날 꿈속의 나그네가 석천암에 올라
> 입도 없이 망망대해를 몽땅 마셔버렸네
> 누가 갑자기 깨달음의 길을 묻는다면
> 말없이 그냥 흰 구름 사이로 돌아가리
>
> 春夢客上石泉庵 無口吸盡茫茫海
> 如人忽問菩提道 不答自歸白雲間

정말이지 비우고, 또 비울 일이다. 만공 스님처럼 무심한 구름이 되지는 못하더라도, 도홍경처럼 무심한 구름을 부러워할 줄이라도 알자. 그것도 어려우면 구름을 부러워한 도홍경을 부러워하기라도 하자.

기왕 구름 이야기가 나왔으니, 원효 스님이나 서산 스님이나 함허 스님의 시라고도 하고 아니라고도 하는 뜬구름 시를 한 수 더 읽어보자.

> 탄생이란 한 조각 뜬구름이 일어나는 것
> 죽음이란 한 조각 뜬구름이 사라지는 것
> 뜬구름 자체가 본래 실체가 없는 것이니

나고 죽고 오고 감도 이와 마찬가지라네

生也一片浮雲起　死也一片浮雲滅

浮雲自體本無實　生死去來亦如然

하긴 구름이 되려고 애쓸 것도, 부러워할 것도 없다.

본래 구름이니까.

허공에
풍선껌 불기

웅변은 은이요
침묵은 금이라니
이 금을 몽땅 팔아
자유의 꽃을 사리라

雄辯銀兮沈默金
此金買盡自由花

— 만해선사 시에서

만해(萬海) 한용운(韓龍雲, 1879~1944) 스님이 옥중에서 옆 사람과 이야기하다가 간수에게 걸려 독방에 감금된 적이 있다. 그때 이런 시를 지었다.

농산의 앵무새도 말을 할 줄 아는데
저 새만큼도 말 못하는 내가 부끄럽네
웅변은 은이요 침묵은 금이라니
이 금을 몽땅 팔아 자유의 꽃을 사리라
隴山鸚鵡能言語 愧我不及彼鳥多
雄辯銀兮沈默金 此金買盡自由花

말하고 싶은데 말을 못하게 하니, 곤욕이다. 그것도 쓸데없는 잡담이 아니라 일제의 만행을 통렬히 지적하고 조선 독립의 정당성을 당당히 부르짖었는데, 침묵하란다. 스님은 차라리 앵무새가 부러워진다.

"내가 저 앵무새만도 못하단 말인가?"

게다가 혹시 간수가 점잖을 떨면서 훈계랍시고 한마디 했을지도 모른다.

"스님, 웅변은 은이고 침묵은 금입니다."

그래서 스님이 또 한마디 한다.

"그래, 나는 그 금을 몽땅 팔아서 맘껏 떠들란다."

침묵이라고 무작정 금덩어리만큼 가치가 있는 것은 아니다. 침묵에도 여러 가지가 있기 때문이다. 첫째는 말하고 싶지만 말하지 않는 자발적 침묵이고, 둘째는 말하고 싶은데 말하지 못하게 해서 억지로 참는 강요된 침묵이고, 셋째는 뭐라고 말해야 할지 몰라서 가만히 눈치만 보는 침묵이다.

세 번째 침묵은 상황 파악을 할 줄 몰라 눈만 끔뻑거리는 것이니, 이는 벙어리 염소의 침묵이요, 어리석은 자의 침묵이다. 두 번째 침묵은 금값은커녕 속병거리밖에 안 된다. 첫 번째 침묵이 그나마 값을 쳐줄만한데, 이것도 다시 가려볼 필요가 있다. 왜냐하면 개중에는 얼른 주판알을 튕겨서 "내가 손해다" 싶어 꼭 해야 할 말을 도로 삼키는 경우도 있기 때문이다. 만약 "지금 말해 봐야 그에게 도움이 안 된다" 싶어 하고 싶던 말을 다음으로 미룬다면, 그런 침묵은 과히 황금과 같다고 하겠다.

말이란 게 참 요상하다. 많이 해봐야 쓸모가 그다지 없는 게 말이지만, 그것 말고 달리 쓸모 있는 것도 그다지 없다. 그래서 줄줄이 둘러앉아 다들 쉼 없이 말하고, 그런 누군가를 두고 "말이 그렇게 많아서 되겠냐?"라고 누가 말하고, 그런 누구를 두고 "지금 당신이 한 것은 그럼 말이 아니냐?"라고 누가 말하고, 그 누구에게 "당신도 똑같아!"라고 말하며 사는 게 우리네 세상이다. 이렇게 소란스러우니, '침묵'의 값이 천정부지로 올라갈 수밖에.

하지만 그렇다고 '웅변'의 값을 무작정 평가절하 해서도 안 된다. 누구보다 침묵을 사랑했던 부처님께서 팔만사천경이라는 방대한 말씀을 쉼 없이 토해내셨고, 언어도단(言語道斷)을 표방했던 선사들의 어록이 수천 권인 것만 봐도 그렇다. 그러니, 벙어리 염소의 침묵이나 속병거리 침묵이나 약삭빠른 침묵보다는 웅변이 훨씬 아름답다.

누가 "당신이 만나본 멋진 웅변가를 꼽아보라"고 요구한다면, 나는 미천(彌天) 목정배 교수님을 첫 번째로 꼽을 것이다. 파안대소에 익살스러운 표정으로 상대를 무장해제시키고, 전광석화처럼 핵심을 찔러 병통을 도려내고, 넘치는 해학으로 남은 상처를 보듬고 다독이셨던 교수님. 교수님의 강의를 듣다보면 마치 어린아이가 껌을 씹어 커다란 풍선을 불어보이는 것 같은 착각이 들곤 하였다. 교수님은 그렇게 천진난만하셨고, 또 솜씨 좋게 말씀을 엮어가셨다.

게다가 당신의 말씀이 허물어지는 것을 조금도 두려워하지 않으셨다. 조그마한 풍선을 '나의 말'로 여기는 사람이었다면 그 풍선이 터지면 어쩌나 전전긍긍하면서 비판 앞에 조마조마했을 것이다. 허나 교수님은 그 풍선이 본래 허공으로 채워져 있다는 것을 아는 분이셨고, 빵! 터져도 본래의 허공으로 돌아가는 것뿐임을 아는 분이셨다. 그래서 누군가 빈틈을 파고들면 잠시 멈추셨다가 한번 씩~ 웃고는 다시 잘근잘근 껌을 씹어 또 커다란 풍선을 잘도 부셨다.

그러셨던 교수님께서 며칠 전 입적하셨다. 즉석에서 시를 지어주시고 그림을 그려주시던 그분께서 세상을 떠나셨다. 늘 곁에 두셨던 파이프도 파안대소 하시던 호방한 웃음소리도 함께 열반에 들었다. 전광석화처럼 영감을 일깨워주는 강의가 마냥 그립다. 호쾌한 직설화법의 말씀을 이제 어디서 들어야 할까?

장례식장으로 가던 길, 천지 가득 눈발이 흩날렸다.

"조금만 더 계시라고 했는데, 그만 일찍 가셨어요."

사모님의 말씀에 가슴이 먹먹했다. 부디 금생보다 더 활기찬 모습으로 다시 오셔서 우중충한 이 사바세계에 호탕한 웃음과 유쾌한 말씀을 왕창 뿌려주시길 바랄 뿐이다.

교수님을 추모하며 동파 거사가 어머니를 잃고 지은 〈극락왕생발원문〉을 읽어본다.

부처님은 대원각으로
항하 모래알처럼 많은 세계를 가득 채우시거늘
나는 물구나무선 전도몽상으로
생사의 고해에서 허우적거리네

어떻게 하면 단 한 생각으로

정토에 왕생할 수 있을까?

내가 무시이래로 지어온 업이

본래 한 생각에서 생긴 것이니

한 생각에서 생겨났다면

다시 한 생각 따라 사라질 수도 있지

생멸이 완전히 사라진 곳에선

곧 나와 부처님이 똑같아지니

바다에 한 방울 물을 던지고

바람 속에 풀무질하는 것과 같아

비록 대성인의 지혜를 가졌다 해도

이 둘을 가려낼 수 없다네

부디 먼저 가신 아버지와 어머니,

그리고 일체 모두 중생이

머무는 자리마다 서방정토 되고

만나는 곳마다 극락세계 되며

사람마다 무량수불이 되어

가는 일도 오는 일도 없게 하소서

佛以大圓覺 充塞河沙界

我以顚倒想 出沒生死海

몽유록

云何以一念 得往生淨土

我造無始業 本從一念生

旣從一念生 還從一念滅

生滅滅盡處 卽我與佛同

如投水海中 如風中鼓橐

雖有大聖智 亦不能分別

願我先父母 與一切衆生

在處爲西方 所遇皆極樂

人人無量壽 無往亦無來

대장부란

뜻을 얻으면
서민들과 함께 그것을 행하고
뜻을 얻지 못하면
홀로 그 도를 행한다

得志
與民由之
不得志
獨行其道

―《맹자》〈등문공(滕文公) 하〉에서

맹자(孟子)는 대장부란 어떤 사람인가에 대해 다음과 같이 갈파하고 있다.

천하의 광대한 거처에 거하며
천하의 바른 자리에 몸을 세우며
천하의 큰 도를 행한다
居天下之廣居 立天下之正位 行天下之大道

광대한 거처는 어디인가? 주자(朱子)는 이 문장에 주석을 붙여 '광대한 거처[廣居]'는 인(仁)이라 풀이하고 있다. '바른 자리[正位]'는 예(禮)로 풀이하고, '큰 도[大道]'는 의(義)라고 풀이하였다. 대장부는 넓은 곳에 살면서 바른 자리에 서서 의를 행하는 사람이라는 뜻이다.

인(仁)은 마음만 어진 것이 아니라 몸까지 어진 것이다. 우리 몸의 혈액순환으로 말해보면 걸리는 곳 없이 혈액이 전신을 골고루 잘 돌아다니는 상태이다. 논어에서는 중풍을 '불인(不仁)의 병'이라고 하였다. 걸림 없이 혈액이 골고루 적절하게 흘러줄 때 그 사람이 어질게[仁] 되는 것이니, 그렇게 되면 그 사람의 몸 자체가 광대한 거처가 되지 말라고 해도 마음 씀씀이가 넉넉한 거처가 된다.

예(禮)는 질서이다. 전체 질서 속에서 자신의 위치를 세우는 것이 예인 것이다.

'큰 도'에 대해서도 주자는 특이하게 의(義)라고 풀이하였다. 텔레비전에 나와서 주먹을 불끈 쥐고 들어 올리면서 "의리!"를 외치는 사람이 있는데, 그 사람도 큰 도를 닦은 사람일까? 그런 대장부에게는 항상 만사가 뜻대로 될까? 사실 뜻대로 되었을 때보다 오히려 뜻대로 되지 않았을 때, 그 사람이 대장부인지 아닌지가 환하게 드러난다. 평소에는 보이지 않다가 창문 틈새로 비쳐들어오는 햇살에 드러나는 먼지처럼 말이다.

그렇다면 대장부는 뜻대로 되었을 때, 또 뜻대로 되지 않았을 때에는 어떻게 처신할까?

> 뜻을 얻으면
> 일반 서민들과 함께 그것을 행하고
> 뜻을 얻지 못하면
> 홀로 그 도를 행한다
> 得志 與民由之 不得志 獨行其道

뜻대로 되지 않았을 때, 대장부는 홀로 담담하게 도를 행한다고 말하고 있다. 명품 옷도 내려놓고, 명품 모자도 벗고, 지위도 내려놓고, 학벌도 지우고, 재산도 목록에서 지웠을 때,《논어》에 나오는 자로(子路)처럼 당당할 수 있을까?

대장부에게 부귀와 빈천이란 또 무엇일까?

부귀가 그 사람을 음탕하게 하지 못하며

빈천함이 그 마음을 변이시키지 못하며

위세와 무력이 그 사람을 굴복시키지 못하나니

이러한 사람을 일러 대장부라고 한다

富貴不能淫 貧賤不能移 威武不能屈 此之謂大丈夫

이 말은 맹자가 경춘(景春)이라는 사람에게 해준 말이다. 경춘
이 맹자에게 찾아와 "공손연(公孫衍)과 장의(張儀) 같은 사람은 세
치 혀로 세상을 들었다 놓았다 하였으니, 이 사람들이야말로 대
장부가 아니냐?"고 물었다.

한번 노하면 제후들이 벌벌 떨고

편안하게 지내면 천하가 조용했다

一怒而諸侯懼 安居而天下熄

경춘이 공손연과 장의를 두고 한 말이다. 우리가 살고 있는 이
시대에도 SNS를 통해서 세상을 들었다 놓았다 하는 사람들이 더

러 있다. 마치 바둑판에서 흑이 한 수 두면 판 전체가 흑으로 가
는 듯하다가 백이 한 수 놓으면 또 형국이 백에게 유리한 것처럼
보이는 것과 비슷하기도 하다. 대책을 세우기 곤란하게 만드는 자
들은 말이 오가는 맥락을 파악하지 못하고 한마디씩 툭 툭 던지
는 사람들이다. 바둑판에서 판세를 전혀 파악하지 못하고 엉뚱한
곳에 돌을 놓는 것과 같다. 문제는 이 엉뚱한 사람의 지위가 남다
를 때이다.

그러나 맹자는 합종연횡(合縱連橫)의 주역인 이 사람들은 대장
부가 아니라고 말한다. 제후들의 욕망에 따라 자기 사욕을 챙기면
서 제후들에게 사실상 순종한 사람들임을 간파했던 것이다.

《경행록(景行錄)》에서는 대장부에 대해서 다음과 같이 말하였다.

대장부는 마땅히 다른 사람을 용서해야지
다른 사람에게 용서받아서는 안 된다
大丈夫當容人　無爲人所容

《논어》〈위정(爲政)〉 편에서는 이렇게 말하고 있다.

정치는 덕으로 하는 것이니
비유하면 마치 북극성이

제자리에 자리 잡고 있으면

모든 별들이 고개를 숙이고

북극성을 중심으로 도는 것과 같다

爲政以德 譬如北辰居其所 而衆星拱之

"물물각득기소(物物各得其所)"라는 말이 있다. 물건마다 각각 알맞은 제자리를 얻는다는 말이다. 보도블록만 해도 하나하나가 제자리에 있으면 보행자도 편안하고 보도블록들도 편안하다. 그런데 어떤 원인으로 인해 보도블록 하나가 솟아오르면 전체 보도블록의 질서가 사뭇 어그러지면서 길 가던 사람이 넘어지기도하고, 인도를 지나가던 자전거가 꽈당 넘어지기도 한다. 혼자 넘어지면 그나마 다행이다. 넘어지면서 마침 그 옆을 지나가던 다리 불편한 할머니와 부딪히는 바람에 할머니가 쓰러지기라도 하면 문제는 점점 복잡해져간다. 얼른 내려서 병원으로 모셔가거나 119를 즉시에 부르면 그나마 사건이 조기에 수습된다. 넘어진 사람이 "나는 잘못이 없고 할머니 잘못이 크다"고 하면서 자전거를 끌고 가버리면, 이제 사건은 대형화되기 시작한다.

하지만 지금이 어떤 시대인가? 지나가던 학생이 상황을 이미 스마트폰으로 다 촬영해 놓았다. 가로등에 설치된 블랙박스에도 자초지종이 다 들어있고, 주변에 세워둔 자동차의 검정색 카메라도 상황을 다 지켜보고 있었다. 그것마저 요리조리 용케 빠져나갔다 해도 끝내 모면할 수 없다. 왜냐하면 아무리 감추고 또 감추려 해도 하늘이 알고, 땅이 알고, 네가 알고, 내가 알기 때문이다.

《금강경》〈야부송〉의 한 구절을 읽어본다.

무한한 들판의 구름을
바람이 모조리 거둬버리니
한 수레바퀴 외로운 달이
하늘 한가운데서 빛나네
無限野雲風捲盡　一輪孤月照天心

이 글을 쓰고 있는 지금, 달빛이 교교하다. 온 누리를 비추는 저 달빛에 부끄럽지 않다면 대장부라 할 수 있지 않을까?

놓아주어라

놓아주어라
그 소가 두려워 벌벌 떨면서
죄 없이 도살장으로 끌려가는 모습을
내 차마 볼 수가 없구나

舍之 吾不忍其觳觫 若無罪而就死地

―《맹자》〈양혜왕(梁惠王)〉에서

봄이다. 겨울 지나면 봄 오는 것이야 해마다 겪는 일이지만 그렇게 다가오는 봄은 또 늘 감동이다. 하늘을 향해 꽃을 피울 준비를 하고 있는 뿌리들의 떨림이 느껴진다. 매서운 꽃샘추위를 뚫고 피어난 꽃과 피어나려는 꽃들의 몸부림이 온 우주를 가득 채우고 있다. 잎사귀가 될 에너지는 가지 중간쯤을 지나서 엄청난 파동에너지로 전진하고 있다. 나의 호흡이 아직 중단되지는 않았음을 새삼 절감하는 순간이다.

최근에 만난 어느 분에게서 이런 이야기를 들었다. 50대 중반에 접어든 그분은 30대 초반에 돼지 도살하는 일을 먹고 살기 위해서 어쩔 수 없이 했었다.

"돼지한테는 미안한 일이었지만 제가 먹고 살기 위해서 그랬습니다. 그런데요, 화물차에 여러 마리를 싣고 도살장에 가서 잠시 기다릴 때입니다. 우리가 보면 5분이나 10분 뒤에 죽을 돼지들인데 그 짧은 시간에도 조금 있다 죽는 것을 까마득히 모르고 죽기 살기로 서로 싸웁니다. 또 좀 똑똑한 수놈은 어느 틈에 암퇘지에게 끊임없이 데이트 신청을 합니다. 망치로 때리다가 잘못될까봐 목 줄기를 칼로 찌르고 밖에 나가서 담배 한 대 피우고 돌아오면 돼지의 숨이 멈추어져 있습니다. 이제 보니까요, 그 돼지가 바로 접니다."

걸쭉한 말솜씨로 그냥 툭툭 던지듯이 말을 하는데 그 말 속에 들어있는 솔직담백한 진동에너지가 상당하다.

"우리가 그렇지 않습니까? 100년 안에 너나없이 다들 마감신고 할 처지인데…. 서로 지지고 볶고, 명절인데 형제끼리도 서로 안 보고, 이웃집 사람 보면 고개 돌리고, 그 와중에 호프집 가서 손잡고 장소를 옮기기도 하고…. 암퇘지에게 데이트 신청하는 수퇘지는 그 순간에 눈빛이 초롱초롱합니다."

《맹자》에 나오는 이야기가 떠올랐다.

제나라 선왕(宣王)이 맹자에게 물었다.
"제나라 환공과 진나라의 문공이 천하를 호령했던 일을 들을 수 있겠습니까?"

제나라 선왕은 한때 천하의 패권을 휘어잡았던 제나라 환공이나 진나라 문공처럼 중국을 한 손에 잡고 호령하고 싶은 생각이 굴뚝같다. 그래서 그 패권을 잡는 비결이 혹시 없는지 맹자에게 묻고 있다. 맹자가 점잖게 술잔을 돌려준다.

맹자가 대답했다.
"중니(공자)의 문도들은 제 환공과 진 문공이 패도정치를 했던 일을 말하지 않습니다. 그러므로 후세에 전해진 것이 없어 제가 아직 듣지 못했습니다. 그만두지 말고 기어이 말하라 하신다면 왕도정치를 지향해야 된다고 말씀드리겠습니다."

제선왕이 묻는다.

"덕이 어느 정도여야 왕도정치를 행할 수 있습니까?"

맹자가 대답한다.

"백성을 보호하면서 왕도를 행하고자 하면 막을 자가 없습니다."

"과인과 같은 사람도 백성을 보호할 수 있겠습니까?"

"가능합니다."

"어떤 연유로 제가 그렇게 할 수 있다는 것을 아십니까?"

맹자가 말했다.

"제가 호흘이란 사람에게 들었는데, 그가 다음과 같은 이야기를 하였습니다."

"왕께서 당 위에 계시는데 소를 끌고 당 아래로 지나가는 사람이 있었습니다. 왕께서 그것을 보시고 물었습니다. '소를 어떻게 하고자 하느냐?'

그 사람이 대답했습니다. '장차 흔종(釁鍾, 새로 종을 주조하여 완성하면 짐승을 잡아 그 피를 틈이 있는 곳에 바르는 의식으로, 피가 굳어서 종이 튼튼해지게 만든다)을 하려고 합니다.'

그러자 왕께서 말씀하셨습니다. '놓아주어라. 나는 그 소가 두려워 벌벌 떨면서 죄 없이 사지로 끌려가는 것을 차마 볼 수가

없구나.'

'그렇다면 흔종을 폐지해도 되겠습니까?'

'어떻게 폐지까지야 할 수 있겠느냐. 양으로 바꾸도록 하여라'라고 하셨다더군요."

그리고 맹자가 물었다.

"알지 못하겠습니다. 그런 일이 있었습니까?"

"예, 있었습니다."

"그런 마음이면 충분히 왕도정치를 행할 수 있습니다. 백성들은 모두 왕이 재물을 아끼려고 그랬다 여기겠지만 저는 왕께서 차마 볼 수 없어서 그랬다는 것을 잘 압니다."

도살장으로 끌려가는 것이 소나 돼지뿐일까? 항상 죽음을 머리에 지고 있는 게 삶이니, 도살장으로 끌려가는 신세이기는 사람도 마찬가지다. 그렇게 말한 맹자는 물론이고 이 글을 쓰고 있는 필자와 읽는 독자들도 죽을 자리를 향해 걸어가고 있다. 다만 벌벌 떨고 있느냐, 콧노래를 부르고 있느냐, 무덤덤하게 가고 있느냐 하는 정도의 차이가 있을 뿐이다.

그러니, 놓아두고 풀어주고 용서하며 살자. 설령 부산스럽게 소란을 떠는 자가 눈앞에 보이더라도 서로가 100년도 못 살고 가는 인생임을 불쌍히 여기면서 차마 못할 짓은 하지 말자.

마음의 바탕화면
살피기

바다를 구경한 사람에게는
큰 물로 인정받기가 어렵고
성인의 문하에서 노닐어 본 사람에게는
훌륭한 말씀으로 인정받기가 어렵다

觀於海者
難爲水
遊於聖人之門下者
難爲言

─《맹자》〈진심장(盡心章)〉에서

맹자께서 말씀하셨다.

"공자님께서 노나라의 동산에 올라가 보시고는

노나라를 작게 여기셨고

태산에 올라가 보시고는

천하를 작게 여기셨다.

그러므로 바다를 구경한 사람에게는

큰 물이 되기가 어렵고

성인의 문하에서 노닐어 본 사람에게는

훌륭한 말씀이 되기가 어렵다."

孟子曰 孔子登東山而小魯 登太山而小天下

故 觀於海者 難爲水 遊於聖人之門下者 難爲言

《맹자》〈진심장(盡心章)〉에 나오는 구절이다. 어찌 동해나 서해 정도이겠는가? 한 발 더 나아가 화엄(華嚴)의 무한대 바다에서 노닐어 본 사람에게는 여간해서는 훌륭한 물줄기로 인정받기가 어렵다. 능대능소(能大能小)가 그야말로 자유자재한 그 고탄력의 신축성 넘치는 바다를 구경한 사람이 어떻게 김빠져버린 맥주 맛에 취할 수 있겠는가?

화엄의 우주 바다에는 거대한 우주 항모도 떠있고 지구보다 몇 백 배 더 큰 항공모함도 떠있다. 그런가 하면 멸치보다 작은 조각배도 떠있고, 풀잎도 떠있고, 풀잎 뒷면 한쪽 구석에 붙어있는 조그만 먼지도 떠있다. 그 먼지의 친구 먼지도 담배를 피우면서 앉아있다. 그 먼지는 항공모함을 부러워하지 않고, 항공모함도 그 먼지를 무시하지 않는다. 우주 바다 전체가 때로는 먼지 하나 속으로 소풍을 가기도 하고, 먼지가 순식간에 우주 허공 가득한 입체 크기로 커지기도 한다. 그러면서도 커진다는 생각도 없고 작아진다는 생각도 없다.

원효 스님께서 《대승기신론(大乘起信論)》 해동소(海東疏)의 서문(序文)에서 이렇게 말씀하셨다.

크다고 말하고자 하니
안이 없는 곳에 들어가고도 남는 부분이 없고
작다고 말하고자 하니
밖이 없는 것을 감싸고도 넉넉하게 남는구나
欲言大矣 入無內而莫遺
欲言微矣 抱無外而有餘

'무내(無內)'는 "안이 없다"는 뜻으로, 가장 작은 것을 말한다. 조그만 진딧물도 겉과 구분될만한 속이 있는데, 이 '무내'는 그 속을 찾을 수 없을 만큼 작다는 것이다. 원효 스님께서는 "우리의 마음이 작아질라치면 이 세상 그 어느 것보다 작은 것 속에도 들어가고, 그것도 거치적거리거나 미처 들어가지 못하고 남는 부분이 없을 만큼 그렇게 작아진다"고 말하고 있다.

실제로 그렇다. 우리가 아무리 배율이 높은 현미경을 만들어서 가장 작은 것을 관찰한다 해도 우리 마음은 다음 찰나에 그 작은 것 속에 쏙 들어갈 정도로 작아질 수 있다. 반대의 경우도 마찬가지다. 아무리 큰 것을 생각해내고 만들어 낸다 하더라도 그 다음 찰나에 우리 마음은 그 큰 것을 넉넉하게 감싸고도 오히려 널널하게 남음이 있다.

어린 시절 큰 숫자 부르기 놀이를 할 때, 어떤 친구가 "네가 부르는 숫자에 더하기 1"이라고 말해서 이 놀이에서 이기는 것을 본 적이 없다. 상대 친구가 기를 쓰면서 아무리 큰 숫자를 불러도 그 친구는 천연스럽게 대꾸하곤 했다.

"더하기 1."

그 광경을 옆에서 구경하다가 '저 친구도 숫자만 부르지 말고, "더하기 1" 하는 친구에게 "네가 더하기 1을 한 숫자에 더하기 2"라고 말하면 될 텐데 왜 저렇게 애를 쓰나' 하는 생각을 했었다. 하지만 말로 꺼내지는 않았다. 편든다고 싸움이 커질 수 있기 때문이다.

훌륭한 고전을 읽으며 마음의 풍요를 누리면서도 현실 생활에서는 더러 마음이 답답해질 때가 없지 않다. 연인들이 서로에게 "당신이 최고야, 당신만을 사랑해"라고 말해주길 바라는 것처럼 "선생님만 존경합니다" 하고 말해주길 바라는 기색이 설핏 보일 때, 참 가슴 속이 답답해진다. 나에게 그런 마음이 들 때도, 타인에게서 그런 모습을 볼 때도, 내가 그렇게 표현할 때도, 타인이 그렇게 표현하길 기대할 때도 마찬가지다. "우리 종교만 위대하다" "우리 스님만 큰스님이다" "우리 선생님만 최고다" 등등의 속내를 담은 이야기를 이리 돌리고 저리 돌리고 하며 주섬주섬 떠드는 사람들을 보면 참 답답하다. 하긴 그러고 있는 본인의 속은 또 얼마나 답답할까?

"내 선생님만 존경하고, 내 선생님만 훌륭합니다" 하는 말은, 바르셀로나 축구팀 선수 11명 전체가 합심해서 죽기 살기로 상대팀과 경기를 하고 있는데 "오로지 메시만 훌륭하게 경기를 잘한다"고 말하는 것과 같다. 팀플레이가 중요하다는 것은 초등학생이나 유치원생도 다 아는 사실이다. 그런 생각, 그런 표현은 도리어 팀 전체의 전력을 저하시키는 강력한 요인이 된다.

게다가 그런 생각, 그런 표현은 견문(見聞)이 짧은 이들이 흔히 범하는 유치한 자부심인 경우가 허다하다. 공자님께서 "동산에 올라가 보시고는 노나라를 작게 여기셨고, 태산에 올라가 보시고는 천하를 작게 여기셨다"고 했는데, 이를 뒤집어 보면 "태산에 오르기 전에는 천하가 어마어마하게 넓은 줄 알았고, 동산에 오르기 전에는 노나라가 어마어마하게 큰 나라인 줄 알았다"는 뜻이다. 공자님도 동산은커녕 겨우 마을 뒷산이나 오르내리던 시절에는 자신이 사는 마을이 세상에서 제일 넓고, 제일 훌륭하고, 제일 아름답다고 여겼을지도 모른다.

어찌 되었건 빈 깡통이 요란하듯이, 대체로 견문이 짧은 사람일수록 무엇에 대해 아는 것이 많다. 그래서 감탄사가 많고, 언성이 높으며, 자신의 경험에 자신감이 넘치고, 또 소란스럽다. 그들은 무엇에 대해 "잘 안다"고 떠들지만 사실 그들은 그 무엇에 대해 모르고 있다. 그런데 '자신이 모르고 있다는 그 사실'을 알기가 참 쉽지 않은 노릇이다.

바다를 본 사람이라면 강을 보고 "이야, 엄청 넓구나!" 하는 소리는 하지 않을 것이다. 성에 차지 않는 것이다. 마찬가지로 어지간히 좋은 말이 아니면 성인의 문하에서 노닐어 본 사람의 주목을 끌기가 쉽지 않다. 그 사람의 고막 진동 주파수가 이미 보통이 아니기 때문이다. 성인의 에너지가 진동시켜 놓은 고막의 주파수는 어지간한 주파수에는 쉽게 반응을 하지 않는다. 눈높이가 높아져 있고, 귀높이가 높아져 있고, 마음의 키가 커져있는 사람에게 "선생님만 훌륭하십니다, 선생님이 최고입니다" 하고 말하면 고막과 안구와 마음의 안테나가 어떻게 반응할지는 어렵지 않게 짐작 된다. 하지만 "너만 예쁘다"는 말이 뻔한 거짓말인 줄 알면서도 발바닥까지 기분이 좋아지는 것처럼 "선생님만 훌륭합니다" 하는 말도 같은 효과를 발휘하는 경우가 많은 것도 현실적으로 도저히 부정할 수 없는 사실이다. 그래서 주의해야 하고, 내면의 수행이 필요하다. 빛깔·소리·냄새·맛·촉감·관념이라는 대상에 휘둘리지 않으려면 눈·귀·코·혀·피부·뜻이라는 감각기관의 진동 주파수 가 신축성이 높아져야 한다. 감각기관의 신축성이 떨어지면 외부 환경의 자극에 쉽게 흐트러지기 때문이다.

가만히 들여다보면 우리 마음이라는 바탕화면에 너무 많은 화면을 띄워놓고 있는 경우가 많다. 그러니 검색 속도가 느려지는 것은 당연한 결과이다. "왜 이렇게 느린 거야?" 하고 원인을 찾으면, 띄워두었던 기존 화면에다 또 하나의 화면을 더하는 꼴이니, 바탕화면에 깔리는 화면의 숫자는 점점 늘어나게 된다. 급기야 평면에만 깔리는 것이 아니라 입체적으로까지 겹겹이 온갖 화면들을 띄운다. 그런 혼란스러움에도 불구하고 개중에 어떤 사람은 "내가 띄운 화면이 이렇게 많다"고 자랑하기까지 한다. 참 우스꽝스러운 노릇이다. 결국 과열된 컴퓨터는 여러 차례 경고 화면을 띄운다. 허나 경고 화면은 바탕에 깔려있는 하고 많은 화면에 가려져서 눈에 들어오지도 않는다.

바다를 구경해본 사람의 눈과 성인의 말씀을 들어본 사람의 고막에는 아무리 흥미로운 화면도 시선을 끌거나 귀를 솔깃하게 하기 어렵다. 나는 지금 내 마음이라는 바탕화면에 어떤 화면을 띄워놓고 있는가? 바이러스가 깊이 잠식해 들어왔는데도 알아차리지 못하고 있지는 않은가? 때로는 모든 화면을 다 내릴 일이다. 본연의 '바탕화면'이 조용하고 차분하게 저절로 떠올라서 안구가 정화되고 고막이 신선하게 회복하도록.

제2부

깊어가는 가을밤에

깊어가는
가을밤에

홀로 처마 밑에서
설핏 잠이 들었다가
문득 깨어보니
침상 반쯤 들어온 달빛

獨向檐下眠
覺來半牀月

— 백거이 〈고추독야(古秋獨夜)〉에서

몽유록

가을이 바야흐로 깊어가는 중이다. 당나라의 시인 백거이(白居易)의 시를 한 수 읽어본다.

제목은 〈고추독야(古秋獨夜)〉이다. 깊은 가을 홀로 밤중에, 라는 뜻이다.

우물가 오동나무 처량한 잎사귀 흩날리고
이웃집 다듬이질에 가을 소리 이는구나
홀로 처마 밑에서 설핏 졸다가
문득 깨어보니 침상 반쯤 들어온 달빛
井梧凉葉動 隣杵秋聲發
獨向簷下眠 覺來半牀月

시인은 초저녁에 라면 국물에 밥을 말아 먹고 깜빡 잠이 들었을지도 모른다. 우물가 오동잎 부스럭거리는 소리도 잠결인지 꿈결인지 아득히 들려왔다. 텔레비전이 있었다면 드라마가 혼자 화면에 진행되었을 것이다. 핸드폰이 몇 번 울리는 것도 급한 일이 없으니 받지 않고 넘긴다. 문득 이웃집 다듬이질 소리가 들려온다. 홀로 처마 밑에서 잠시 잠들어있는 동안에 일어난 일이다. 부스스 깨어보니, 하릴없이 달빛만이 침상 절반을 비추고 있다.

달빛에 시인의 사색은 한없이 깊어졌으련만 시를 여기서 마친다. 달빛 이후의 시는 순전히 읽는 이의 상상력에 맡겨버린다. 달빛은 말없이 빨랫줄 하나를 시인의 침상에 반쯤 걸어놓았을 뿐이다. 그 빨랫줄에 주렁주렁 걸려 있을 사연과 노래와 하고 많은 이야기는 이제 독자의 몫이다.

　어떤 이는 달빛 빨랫줄에 유년시절의 추억을 걸어놓기도 한다. 빨랫줄을 기타줄 삼아 한 곡 뜯어보기도 한다. 기억 속에 빛이 바래가고 있는 그림 서너 점을 걸어도 좋다. 구름이 달빛 주변을 서성일라치면 그림과 노래도 잠시 숨을 고른다. 그 동안에 우물가 오동나무는 잎사귀 몇 잎을 더 떨군다. 달님이 빨랫줄을 걷어서 이제 지붕 위에 걸쳐놓으면 시인은 그제야 눈을 지그시 감고 잠을 청해본다. 꿈나라에서 오동잎을 타고 달나라 여행을 갔다 왔는지 말았는지도 그리 중요한 일은 아닐 터이다.

　《중용》에서 군자의 배움에 대해 다음과 같이 말하고 있다.

　(군자는) 널리 배우며
　자세하게 물으며
　신중하게 생각하며
　분명하게 분별하며
　독실하게 행해야 한다
　博學之 審問之 愼思之 明辨之 篤行之

정자(程子)는 주석에서 이렇게 말한다.

이 다섯 가지 중에 한 가지라도 폐하면 학문이 아니다
五者 廢其一 非學也

《중용》에 또 다음 내용이 이어진다.

배우지 않음이 있을지언정
배운다면 능하게 되지 않고는
놓아버리지 않아야 한다.
묻지 않음이 있을지언정
묻는다면 알지 못한 상태에서는
놓아버리지 않아야 한다.
생각하지 않음이 있을지언정
생각한다면 터득하지 못한 상태에서는
놓아버리지 않아야 한다.
변별하지 않음이 있을지언정
변별한다면 분명해지지 않은 상태에서는
놓아버리지 않아야 한다.
행하지 않음이 있을지언정

행한다면 독실하게 되지 않은 상태에서는

놓아버리지 않아야 한다.

다른 사람이 한 번 해서 능하게 된다면

나는 백 번을 해야 하며

다른 사람이 열 번 해서 능하게 된다면

나는 천 번을 해야 한다

有弗學 學之 弗能 弗措也 有弗問 問之 弗知 弗措也

有弗思 思之 弗得 弗措也 有弗辨 辨之 弗明 弗措也

有弗行 行之 弗篤 弗措也 人一能之 己百之 人十能之 己千之

군자의 배움은 안 한다면 그만이지만 했다 하면 반드시 뿌리
를 뽑고 봐야 하는 것이다. 현재 내가 무엇을 하고 있든 간에 한
번쯤 가슴에 손을 얹고 깊이 생각해볼 일이다.

거미줄 위에서
함께 춤을

부유하면 부유한 대로
가난하면 가난한 대로
입 벌리고 크게 웃지 못하면
이 사람이 어리석은 사람이라네

隨富隨貧且歡樂
不開口笑是癡人

— 백거이 〈대작(對酌)〉에서

정말 우연히도 거미가 거미줄 치는 광경을 한 시간여 감상했다. 처마 끝에서 저쪽 나뭇가지까지 길게 실을 연결시키고 먼 쪽에서부터 반원을 그리기 시작했다. 안쪽으로 위쪽으로 반원의 길이가 조금씩 줄어들면서 그야말로 예술품을 그리 힘들이지도 않고 예술에 가까운 기계적인 동작으로 뽑아내는 솜씨라니. 꽁무니에서 실이 끊이지 않고 나오는 것도 물론 경탄스럽지만 필자의 눈에 들어온 것은 다리 여덟 개를 절묘하게 움직이는 동작이었다. 맨 아래 양쪽 다리는 조금 전에 오른쪽으로 가로질렀던 줄에 가볍게 얹어놓고 이번에는 왼쪽으로 가로지르는 줄을 그린다. 중간의 다리로 좌우 중심을 잡고 맨 위의 양다리로 저 위쪽을 붙잡고 그야말로 슬로 모션으로 움직였다. 그런데 잠깐 사이에 거미줄 모양이 갖추어지는 것이다.

빌 게이츠가 어렵던 시절 다락방에서 거미가 거미줄 치는 모습을 지켜보다가 영감이 떠올랐다는 이야기도 있다. 이름이 나중에 생각나겠지만, 중국의 어느 장군은 적에게 쫓겨서 피신하다가 에라~ 하고 동굴 속에 몸을 들이밀었다. 잠시 숨을 몰아쉬다가 가려 했는데 거미가 나타나더니 잠깐 사이에 동굴 입구에 거미줄을 쳤다. 뒤따라오는 사람이 동굴 근처로 다가왔다. 에이고~ 이제 꼼짝없이 잡혔구나, 속으로 생각하고 있는데 중얼거리는 소리가 들려왔다.

"여기는 거미줄이 쳐져있는 것을 보니 여기에 숨지는 않았을 것이다. 다른 데로 가보자."

지인에게 문자를 보냈다.

"세상은 그저 한 줄기 거미줄 위에 피어있는 한 송이 꽃인 것을."

내심 "그 꽃 위에 펼쳐지는 화려한 댄스." 뭐 이 정도의 답장이 오겠지 하고 가볍게 생각했다. 아침나절에 문자를 보냈는데 늦게 확인했는지, 저녁 늦게 답장이 왔다.

"인드라망 거미줄…"

그만 생각 속 한 송이 꽃 위에서 펼쳐지던 동작들이 거미가 거미줄 뒤에 달라붙듯 이 거미줄에 달라붙었다. 생각이야 거미줄에 달라붙어도 그만이지만 잠자리가 거미줄에 달라붙기라도 하면 잠자리 입장에서는 오백층 빌딩 꼭대기에 불이 난 것보다 더 심각한 일이다.

조선 시대에 윤증(尹拯, 1629~1714)이라는 선비가 열두 살 때 〈거미를 읊다[詠蜘蛛]〉라는 제목으로 지은 시가 있다. 그는 틀림없이 잠자리가 거미줄에서 퍼덕거리는 광경을 실시간으로 목격한 경험이 있었던 모양이다.

거미가 그물을 엮네

옆을 가로지르고는 아래로 또 위로

잠자리들에게 경계하노니

삼가 처마 앞으로는 얼씬거리지 말라

蜘蛛結網罟 橫截下與上

戒爾蜻蜓子 愼勿簷前向

어릴 적에는 아무 생각 없이 거미줄을 걷어버리곤 했다. 거미줄 치는 것을 보면서도 그저 약간 신기하다고 여기고 지나갔었다. 거미도 그렇고 거미줄이 '참 한심한 인간이 하나 지나가는구나' 하고 생각했을지도 모를 일이다.

하지만 그렇게 한 시간여쯤 지켜보고 있자니, 잠자리나 곤충이 거미줄에 걸리는 것이 아니고 햇살이 입체적으로 슬금슬금 거미줄 틈새 공간 속까지 들어가면서 걸려들기 시작했다. 이른 아침 바람도 함께 걸리고, 저 위쪽 길을 빠른 걸음으로 지나는 사람의 발자국 소리도 거미줄 한 켠에 걸린다. 거미는 햇살이 비쳐들자 동작 그만 상태로 전환하고, 한 중앙에 자리를 잡고 여덟 개의 다리를 멋지게 각각 배치하고 삼매에 들어간다. 거미는 죽은 듯 잠잠하다.

태풍에도 거미줄은 끄떡없다. 나무가 바람에 쓰러진다는 얘기는 들어봤어도 바람이나 비 때문에 거미줄이 끊어져서 거미들이 대피 소동을 벌였다는 소식은 거미 통신망에도 뜨지 않는다. 밤이 되면 별빛도 걸리고 달빛도 거미줄에서 잠시 쉬고 땅바닥으로 내려간다. 가을밤의 달빛을 당나라의 대문호인 백거이 거사는 다음과 같이 노래했다.

서리 내린 풀들 푸르기만 하고
벌레 울음소리 찌르르 찌르르
마을 남쪽 마을 북쪽에
다니는 사람 끊어졌네
홀로 문 앞에 나가
들판을 둘러보니
달 떠오른 메밀밭에
눈처럼 하얀 꽃
霜草蒼蒼蟲切切　村南村北行人絕
獨出門前望野田　月出蕎麥花如雪

저 메밀밭 옆 어느 숲에도 거미줄이 있어서 달빛을 받았을까? 부질없는 생각이 거미줄처럼 이어진다. 거미줄에도 서리가 내리겠지만 거미줄은 시들지도 않는다.

거미줄에 걸리는 잠자리처럼 보이는 거미줄에도 걸리고, 보이지 않는 거미줄에는 더 많이 걸려들면서 하루하루 숨 쉬고 살아가는 게 누구나의 일상이다. 거미줄 저쪽 끝 한 귀퉁이에 진동이 일면 저 반대쪽이나 옆쪽 끝의 거미줄도 동시에 진동을 한다.

지구촌 한곳에서 일어난 일이 그 지역에만 영향을 미치는 것이 아니라 지구촌 전체에 동심원의 파장을 동시에 일으킨다.

내친 김에 백거이 거사의 시 〈마주 앉아 한잔 하면서[對酒]〉를 읽어본다.

달팽이 뿔 위에서
다투어본들 무엇하리오!
부싯돌 번쩍이는 시간 속에
이 몸이 맡겨져 있는 것을
부유하면 부유한 대로
가난하면 가난한 대로
입 벌리고 크게 웃지 못하면
이 사람이 어리석은 사람이라네
蝸牛角上爭何事 石火光中寄此身
隨富隨貧且歡樂 不開口笑是癡人

우주 공간에서 보자면 지구는 좁쌀알보다 적다. 지구를 달팽이로 본 것은 지구의 크기를 후하게 쳐준 셈법이다. 지구촌의 남쪽에 달팽이 뿔 하나가 달려있고 북쪽에도 하나 달려있고 뭐 그 정도이다.

석화광중몽일장
石火光中夢一場

삶이란 부싯돌 불이 반짝! 튀는 그 짧은 찰나에 꾸는 한바탕 꿈이다. 사람에 따라서는 그 한 찰나가 한없이 지루하고 길어질 수도 있다. 사람에게야 거미줄 전체가 거미와 함께 한눈에 들어오지만 어쩌다가 거미줄을 기어가게 된 개미에게는 굽이굽이 반복되는 거미줄 미로의 오솔길이 제법 멀고도 길게 느껴질 수도 있을 것이다.

일본의 동화에 등장하는 한 주인공은 온갖 죄를 거리낌 없이 저지르는 바람에 지옥에 떨어졌는데 우연히 거미 한 마리를 위험에서 건져준 일이 있었다. 이 인연으로 부처님이 지옥에 거미줄 한 줄을 내려주었다. 꼬옥꼬옥 잡으면서 지옥의 불구덩이 진흙탕에서 빠져나오고 있었는데 저 아래를 내려다보니 수없이 많은 지옥 중생들이 거미줄을 기어오르고 있었다. 혹시 끊어질까봐 "이건 내 거미줄이야!" 하고 소리치는 순간, 거미줄이 툭 끊어졌다고 하는 이야기가 있다.

　이런~ 쯧쯧. 나는 거미줄 끊어질까 염려하는 생각을 하고 있는지, 거미줄 위에서 함께 즐거운 춤을 출 생각을 하고 있는지, 한번 돌아봐야겠다.

저 모습이
내 모습

이 몸을 이번 생애에
제도하지 않으면
다시 어느 생을 기다려
이 몸을 제도하리오

此身不向今生度
更待何生度此身

— 새벽 종송(鐘頌)에서

우물의 두레박처럼 삼계를 오르락내리락하며

백천만겁 동안 헤아릴 수 없는 세계를 헤매었네

이 몸을 이번 생애에 제도하지 않으면

다시 어느 생을 기다려 이 몸을 제도하리오

三界猶如汲井輪　百千萬劫歷微塵

此身不向今生度　更待何生度此身

절집 새벽 어스름에 쇳종을 두드리면서 부르는 노래 중 한 가락이다.

서걱거리는 쇳소리만 가득한 지하철 안, 정적을 깨뜨리는 외마디 고함 소리가 저쪽 경로석쯤에서 터졌다.

"씨~발~놈~아!"

고개를 돌려보니, 여자 친구의 손을 잡은 대학생이 다른 한 손에 핸드폰을 들고서 뭐라 중얼거리고 있었다. 경로석에 앉은 초로(初老)의 할아버지는 젊은이를 향해 전위예술에 가까운 몸짓을 쉴 새 없이 연출하고, 음파공격 역시 멈추지 않았다.

지하철이 멈추고 문이 열렸다. 두 젊은이는 재빠른 걸음으로 지하철에서 내렸다. 걸음을 옮겨 경로석 가까이로 다가가 보았다. 분이 풀리지 않았는지 초로의 할아버지는 부라린 눈으로 허공을 헤집으며 욕설을 퍼부었다. 할아버지의 눈과 너무 가까운 곳에서

두 젊은이의 애정행각이 펼쳐졌었나 보다. 곁에 있던 중로(中老)의 할아버지가 나직하게 말했다.

"요즘 젊은이들이 다 그렇습니다. 그냥 넘어가 주셔야지요."

"뭐요? 나는 그렇게 못합니다. 아니, 어른이 충고를 하면 반성을 해야지. 전화기를 들고 '여기 이상한 할아버지가 있다'며 경찰서에 신고를 하잖아요."

중로 할아버지의 연이은 다독임에도 초로 할아버지의 분통은 식을 줄을 몰랐다.

"저런 꼴을 보고도 나 몰라라 하는 어른들도 똑같아! 그러니 나라가 이 모양이지."

중로의 할아버지도 포기했는지 입을 다물고 고개를 다른 쪽으로 돌렸다. 주위를 둘러보았다. 승객들은 이 정도 소란쯤은 익숙하다는 듯 너무들 태연했다. 무심한 도인처럼 그 와중에 꾸벅꾸벅 조는 사람, 곁의 일행과 웃으면서 조근조근 대화를 나누는 사람, 핸드폰 속 세상 구경에 벼락이 쳐도 모를 사람, 멀찌감치 고개를 빼죽 내민 몇몇만이 "왜 저러실까?" 하는 걱정스러운 시선을 던지고 있었다.

'아, 나도 저랬겠구나!'

지난날들이 뇌리를 스쳤다. 지금 생각하면 참 별일도 아니었다. 번역을 할 때였다. 한자 몇 개, 한문 몇 구절, 까짓것 이렇게 새기

건 저렇게 새기건 그게 뭔 대수인가? 그런 걸 두고 왜 그렇게 인상을 구기고, 또 목청을 높였던지…. 살벌한 표정과 목소리의 표적이 되었을 누군가, 그 칼날에 심장이 베였을 누군가에게 그저 미안하고 부끄러울 따름이다. 그때도 지금처럼 한 발 떨어져 그 광경을 지켜보았을 누군가는 "저 사람이 도대체 왜 저럴까?"하며 혀를 찰 것이다.

도저히 참을 수 없다는 초로 할아버지의 그 분노가 온전히 두 젊은이의 짙은 애정행각 탓일까? 초로 할아버지에겐 전혀 책임이 없을까? 기타 줄이 너무 느슨해도 탈이지만, 너무 팽팽해도 문제다. 살짝만 건드려도 짜랑짜랑 거슬리는 소리에다 언제 터질까 불안하기 짝이 없기 때문이다. 사람이라고 다를까? 자동차를 타고 가다보면, 먼저 내린 사람이 자동차가 흔들리도록 쾅! 하고 문을 닫는 경우가 있다. 또 식당엘 가면 밑반찬이 담긴 접시를 딸그~그~그~락! 소리가 나도록 내던지는 경우가 있다. 본인은 전혀 의식하지 못하겠지만 그들은 마음의 줄이 너무 팽팽하게 감긴 상태인 것이다.

그 초로의 할아버지 역시 두 젊은이를 마주하기 이전에 이미 뭔가 불편한 상태였다. 이렇게 상상해보자. 그 할아버지가 꼬깃꼬깃 아껴두었던 돈으로 로또복권을 샀다. 그 지하철 경로석에 앉아 누가 버리고 간 신문을 뒤적이다가 당첨번호가 고시되어 있어

맞춰보았다. 그리고 1등에 당첨되었다. 그때 마침 두 젊은이가 코 앞에서 몸을 비비적거리며 입을 맞추었다고 하자. 그래도 불같이 화를 내며 고함을 질렀을까? 모르긴 몰라도 아마 "참 좋은 세상 이야!" 하며 너털웃음을 보였을 것이다.

그렇다면 분노의 책임을 두 젊은이와 초로 할아버지가 반반씩 나눠가져야 할까?

한 발 더 나아가, 관응(觀應) 노스님께서는 나에게 일어나는 일 은 몽땅 나의 책임이라고 가르쳐주셨다.

"현재 눈앞에 펼쳐지고 있는 세상은 밖에 따로 존재하는 것이 아니라 내 마음의 거울 속에 그림자로 나타난 것이야. 유식(唯識) 에서는 이것을 상분(相分)이라고 해. 그러니 이런 일이건 저런 일이 건 몽땅 내 탓이지. 눈앞에 뭔가 뒤틀린 꼴이 보인다면 내 마음의 거울이 뒤틀린 것이고, 눈앞에 뭔가 성가신 게 있다면 내 마음의 거울에 생채기가 난 거야."

그렇다. 마음이 이미 뒤틀리고 생채기가 났는데, 마음에서 발 산한 에너지의 파동인 말과 행동이 온전할 리 없다. 마음이 빼딱 하면 표정도 말도 행동도 빼딱하고, 마음이 굳어버리면 표정도 말 도 행동도 뻣뻣해진다. 어디 그뿐일까? 소화불량이 괜히 생길까? 위장에 소장 대장까지도 딱딱하게 굳어버린다.

우리의 몸과 마음은 하나의 시스템으로 연결되어 있는 정밀한 기계장치와 유사하다. 마음의 변화는 몸의 활동에 지대한 영향을 끼치고, 몸의 활동 역시 마음의 변화에 지대한 영향을 끼친다. 그래서 마음에 상처가 나면 몸도 어느 구석인가 탈이 나고, 또 몸이 크게 다치면 마음도 따라서 병이 든다. 그러니, 몸을 고치려면 마음도 다스려야 하고, 마음을 바르게 하려면 몸도 바르게 해야 한다.

아예 자동차 없이 걸어 다닌다면 언급할 것도 없겠지만 자동차를 타고 다닐 요량이라면 정비도 잘 하고, 운전도 잘 해야 한다. 자동차 바퀴는 바람이 빠져도 탈이고 너무 빵빵해도 탈이다. 그 바퀴가 터져 사고라도 나면 저만 다치는 게 아니다.

몸도 마음도 이미 탈탈 털어버렸다면 언급할 것도 없다. 하지만 지어놓은 업 따라, 또 지금 짓는 업 따라, 여섯 갈래 세계를 돌고 또 돌아야 하는 중생 아닌가? 몸도 마음도 어쩔 수 없이 더 꾸려가야만 하니, 지금 당장 점검하고 고장만 부분이 있으면 수리해야 한다. 나중으로 미룰 일이 아니다. 사고가 나서 만신창이가 된 후에는 후회해도 소용없다. 그럼, 몸과 마음을 어떻게 조율해야 할까?

오대산의 문수동자께서 무착선사(無着禪師)에게 말씀하셨다.

성 안 내는 그 얼굴이 참다운 공양구요

부드러운 말 한마디 미묘한 향이로다

깨끗해 티가 없는 진실한 그 마음이

언제나 한결같은 부처님 마음일세

面上無嗔供養具　口裏無嗔吐妙香

心裏無嗔是珍寶　無垢無染卽眞常

흔들리지 않는
마음

여덟 가지 바람 불어도
흔들리지 않고
찬란한 황금보좌에
단정히 앉아계시네

八風吹不動
端坐紫金臺

— 소동파 게송에서

몽유록

〈적벽부〉를 지은 동파 거사는 대문장가이자 정치인이기도 했는데, 화법이 요즘 말로 하면 너무 정직한 돌직구를 던지는 바람에 더러 다른 사람의 심기를 불편하게 만드는 경우도 있었던 모양이다. 그의 부친 소순(蘇洵)은 동파 거사의 어린 시절에 이미 이를 간파하고 이름을 '식(軾)'이라고 지어주었다. 식은 수레에 매다는 것인데, 이것이 없어도 수레가 굴러가는 데는 전혀 지장이 없지만 수레 모양이 영 폼이 덜나게 되는 것이다. 아버지가 그토록 신경을 썼건만 동파 거사는 돌직구 화법 덕분에 이리저리 귀양을 많이 다녔다.

이번에 소개하는 구절은, 그렇게 어느 곳에 귀양을 가서 태수를 맡았을 때 어느 절의 부처님 점안식에서 지은 게송이다.

하늘 가운데 하늘님께 절하오니
백호의 광명으로 대천세계 비추시네
여덟 가지 바람 불어도 흔들리지 않고
찬란한 황금보좌에 단정히 앉아 계시네
稽首天中天 毫光照大千

八風吹不動 端坐紫金臺

'여덟 가지 바람'은 사람의 마음을 흔들리게 하는 바람을 말한다. 칭찬과 비난과 괴로움과 즐거움과 이익이 찾아오는 것과 손해 보는 것과 헐뜯음 당하고 추켜올림을 받는 것이다.

비난을 받았을 때, 마음속으로 울컥하지 않기란 쉽지 않다. 화를 다스리는 방법에 관한 책이 많이 나오고 또 읽히는 까닭도 아마 이 때문일 것이다. 다른 사람이 나에게 욕을 하는 것은, 눈앞에서 하는 것은 물론이고 몇 사람을 거치고 돌아와 누가 나에게 이런저런 욕을 했다는 말만 들어도 뇌세포의 일부분과 손가락과 발가락이 반응을 보인다. 더러 '부들부들'이라고 표현해야 될 만큼 온몸이 격렬하게 반응하는 경우도 많다.

동파 거사는 점안식에서 게송을 짓고 그 고을 산 속 절에 계시는 큰스님께 시를 보내어 품평을 정중하게 부탁한다. 태수의 비서가 찾아갔을 때 큰스님의 몸에서 일어난 반응은 콧방귀였다.

"이게 무슨 시란 말인가? 방귀 뀌는 소리로구만."

비서는 들은 대로 와서 전한다. 내심 호평을 들으리라 잔뜩 기대했던 동파 거사는 그만 성질이 폭발해버린다. 말 한 마리를 잡아 올라타고 '이 엉터리 노인네를 한 방에 박살내버리겠다' 마음먹고는 산속으로 달려간다. 그 산으로 가는 도중에 큰 개울이 있고 다리도 하나 있었다. 말발굽이 다리에서 큰소리를 울리면서 막 다리를 건넜을 때 태수 동파는 큰 플래카드 하나를 보게 된다. 그리고 순간 말을 멈추고 한동안 멍해졌다.

여덟 가지 바람이 불어도
마음이 흔들리지 않는다더니
방귀 뀐다는 한 소리 얻어맞고
덜컥 강을 건너 오셨구려
八風吹不動 一屁打過江

플래카드 왼쪽 모퉁이에 '환(歡)' 자, 오른쪽 모퉁이에 '영(迎)' 자가 있었는지 없었는지는 알려져 있지 않아서 잘 알 수 없지만, 어쨌든 동파 거사는 말을 멈추지 않을 수 없었다.

비난이 사람의 마음을 대체로 격하게 흔드는 바람이라면 칭찬은 소리 없이 흔드는 바람이라 할 것이다. "참 아름다우십니다." "정말 멋진 분이십니다." 한마디를 들으면 팔순 할머니와 할아버지도 거울을 본다. 추켜올림 때문에 술값 덜컥 내고 그 다음 달 카드 결제하느라 끙끙거리는 사람도 전혀 없지는 않다. 이익과 손해가 마음을 어지럽히는 것은 말할 것도 없다. 오죽하면 견리사의(見利思義)라는 말이 있겠는가.

경제적 빈곤이나 질병으로 인한 육체의 통증 역시 사람의 마음을 한없이 흔들리게 만든다. 통증이 사람의 마음을 흔드는 것은 때로는 비바람을 동반한 태풍처럼 몰아쳐서 세상을 하직하게 만들기도 하고 밤잠을 못 이루게 하기도 한다.

당구의 쓰리쿠션처럼 몇 다리 걸쳐서 쳐들어오는 헐뜯음에 미소로 화답할 수 있다면 얼마나 좋을까?

사람의 마음을 흔드는 것이 어찌 여덟 가지뿐이랴. 실은 팔만 사천 가지의 바람이 쉴 새 없이 우리 마음을 뒤흔들고 찔러오고 두드려대고 있다. 동파 거사의 일화를 통해서 '이런저런 바람에 의연하게 살아야겠구나' 다시 한 번 단단히 마음을 다져본다.

바람에 흔들지 않으려면 어떻게 해야 할까? 소동파의 여동생 소소매(蘇小妹)가 지은 것으로 알려진 〈소한찬〉에 이런 구절이 있다.

혹 어떤 나한님은 휘영청 날 밝은 소나무 아래에서
하얀 눈썹 뒤덮인 눈으로 공의 이치를 관하시네
或於月明松下 雪眉覆眼而觀空

동파 거사가 당나라의 시인이자 화가인 왕유의 시화를 두고 "시 속에 그림이 들어있고 그림 속에 시가 들어있다.[詩中有畵, 畵中有詩]"고 평한 적이 있다. 시를 읽노라면 저절로 동영상처럼 화면이 떠오르고 그림을 감상하노라면 저절로 시를 흥얼거리게 된다는 이야기다. 소소매의 〈소한찬〉도 읽는 이로 하여금 저절로 자연스레 한 폭의 그림을 떠올리게 한다.

보름달인지 반달인지는 모르겠으나, 교교히 흐르는 달빛을 배경으로 자연스럽게 세월이 쌓인 어느 절벽 옆의 노송(老松) 한 그루. 그 노송 아래에서 선정삼매에 들어 있는 나한님. 그 나한님의 눈썹은 눈처럼 하얀색이다. 장수의 상징으로 잘 알려져 있는 긴 눈썹이 나한님의 감은 눈 위를 지긋이 덮고 있다.

최근에 만난 출판사를 운영하는 어느 선생님도 긴 눈썹이 몇 올 길게 나서 마음속으로 즐기고 있었는데, 머리를 다듬으러 간 곳에서 깜빡 잠이 들었다가 긴 눈썹까지 정리되는 바람에 못내 아쉬운 마음이 들어서 이제는 머리 다듬으러 가서 절대로 잠은 안 잔다고 했다.

바람이 살랑 불어서 소나무의 잔가지는 몇 가지 흔들려도 나한님의 눈썹은 나한님의 삼매력에 힘입어서 흔들리지 않는다. 아마 노송도 바위도 함께 저절로 선정에 들어 그 즐거움을 만끽하고 있을 것이다. 하늘에 떠있는 달도 나한님의 눈썹이 보내는 주파수에 따라 가만가만 서쪽으로 발걸음을 옮긴다.

여덟 가지 바람에 흔들리지 않는다는 문장을 소개하면서도 필자는 쉴 새 없이 바람에 따라 영향을 받는다. 실없는 중생의 생각이긴 하지만, 저 나한님도 해우소가 급해지면 필시 걸음이 평소보다는 빨라졌을 것이다. 물론 빨라지는 발걸음을 따라서 마음마저 조급해지지는 않았을 것이다.

조용히 스쳐가는
맑은 바람처럼

맑은 바람은 서서히 불어오고
물결의 파도는 일지 않았다

清風徐來
水波不興

— 소동파 〈전적벽부〉에서

몽유록

당송팔대가(唐宋八大家)의 한 사람이면서 불교에도 조예가 깊었던 송(宋)나라 동파 거사 소식(蘇軾)의 〈전적벽부(前赤壁賦)〉에 나오는 구절이다. 〈전적벽부〉는 문학성이 뛰어나서 흔히들 천고(千古)의 명문장이라고 부른다.

중국 항주(杭州)에 있는 적벽강에서 보름에서 하루 지난 음력 7월 16일에 뱃놀이를 실컷 하고 쓴 글인데, 그 문학적인 묘사가 뛰어난 것은 물론이지만 사실은 동파 거사가 자신이 수행을 통해서 터득한 경지를 설파해놓은 글이다.

임술년(壬戌年) 가을 7월 기망(旣望, 16일)에 소동파는 나그네들과 함께 배를 띄우고 적벽 아래에서 노닌다. 바로 그때 뱃놀이에 나선 자신의 심정을 "맑은 바람은 서서히 불어오고 물결의 파도는 일지를 않았다"고 첫머리에서 표현한 것이다.

이 글은 전체를 크게 세 부분으로 나누어 설명할 수 있다. 전반부의 내용은 앞에서 잠깐 소개한 것처럼 동파 거사와 나그네들이 적벽강에 배를 띄우고 뱃놀이를 시작하는 부분이다. 중생들의 희로애락(喜怒哀樂)이 뒤섞여 춤을 추는 생사고해(生死苦海)를 적벽강으로 표현하고 있다. 그 생사고해의 적벽강에 맑은 바람이 불어와 아직은 물결이 일지 않고 있는 풍경이다.

중반부에서는 통소를 부는 한 나그네가 등장한다. 소동파가 항주에 귀양 와있는 심정을 구성지게 노래하자 나그네가 통소를 불어 화답을 한다. 그런데 그 통소 소리가 어찌나 구슬픈지 마치 원망하는 듯, 사모하는 듯, 흐느끼는 듯, 애달픈 심사를 하소연하는 듯 실낱처럼 이어지며 끊어지지를 않는다. 동파 거사가 깜짝 놀라 무엇 때문에 통소 가락이 애간장을 녹이도록 그리 슬픈 것이냐고 묻는다.

　이 나그네는 제행무상(諸行無常)의 대변자이다. 나그네는 우리네 인생의 덧없음을 저 역사적인 인물인 조조(曹操)를 끌어들여 강변한다. 조조가 삼국지(三國志)라는 무대의 전면에 의기양양하게 등장하는 대목을 말하고는 곧바로 적벽대전에서 대패를 당하고 돌아가는 모습을 설명한다.

　"조조가 형주(荊州)를 격파하고 오(吳)나라 강릉(江陵) 땅으로 쳐내려올 때는 전함이 천 리에 이어졌고 전함에 세워 놓은 깃발이 하늘을 뒤덮을 정도였다. 술을 걸러서 강가에 다다라 들이마시고 창을 꼬나들고 말을 달리다가 풍경 좋은 곳에서 멈춰 즉흥시를 뽑아낼 때에는 조조가 진실로 한 세대의 영웅이었다. 하지만 지금은 어디에 있는가? 저 역사적인 영웅의 영욕 모두가 다 흘러가버리고 없는 이 적벽강에서 우리는 땔나무나 하고 낚시질이나 하면서 조그만 조각배를 타고 술이나 홀짝거리고 있으니, 우리네 신세는 참으로 보잘 것 없는 것 아니더냐?"

천지 사이에 빌붙어 사는

하루살이 꼴이요

창해를 떠도는

한 톨 좁쌀처럼 아득한 신세

寄蜉蝣於天地 渺滄海之一粟

"우리네 인생이 잠깐인 것이 슬프고 장강이 무궁무진 흘러가
는 것이 못내 부러워서 슬픈 가락을 가을바람에 의탁해보았노라"
고 나그네는 처연하게 말을 마친다. 당시 적벽강가에 실버들이 있
었다면 아마도 더 어울렸을 것이다.

롤러코스터를 타는 것처럼 오르락내리락하는 것이 우리들 대
부분의 인생이다. 초지일관 잘나가는 인생도 없지는 않지만, 조금
만 속내를 들여다볼라치면 내면의 롤러코스터는 엄연히 춤을 추
고 있다. 적벽강의 나그네는 시공에 관계없이 그저 덧없이 흘러가
는 우리네 인생의 덧없음을, 제행무상의 곡조를 한 자락 그럴싸하
게 뽑아낸 것이다.

〈전적벽부〉의 문장 구성으로 보면 나그네와 동파 거사가 서로
대화를 주고받는 것으로 묘사되어 있지만, 필자의 눈에는 사실
동파 거사 혼자서 짜고 치는 고스톱을 한 판 벌인 것으로 보인다.
이 글은 필시 소동파의 자문자답(自問自答)이다.

강물이 흘러가는 것이 이와 같지만

일찍이 흘러간 적이 없으며

달이 차고 비는 것이 저와 같지만

끝내 작아지거나 커지는 것이 아니라네

逝者如斯 而未嘗往也

盈虛者如彼 而卒莫消長也

　　나그네의 말을 조용히 듣고 난 동파 거사가 이제 나그네에게
물과 달을 들어 이야기한다. 지구에서 보면 달이 초승달에서 반
달이 되고 반달이 보름달이 되고 보름달이 다시 반달이 되고 그
반달이 그믐달로 되는 것처럼 보이지만 달 자체로 본다면 초승달
이 되는 일도 없고, 그믐달이 되는 일도 없고, 커지거나 작아지거
나 하는 일도 사실은 없다. 달이 우리 지구인들을 어리석다고 생
각할지도 모른다는 생각을 필자는 적벽부를 감상할 때마다 생각
하게 된다.

　　동파는 말을 이어나간다.

　　"'변해버린다'는 제행무상의 관점에서 보면 천지도 한 찰나에
사라져버리는 것이지만, 불변의 이치인 진여(眞如)의 관점에서 보
면 천지만물과 우리가 모두 무궁무진한 존재이다. 그렇다면 무엇
을 부러워할 필요가 있겠는가? 게다가 소소한 물건들까지 다 주

인이 있어서 우리가 마음대로 손에 쥘 수 없지만, 이 강 위로 불어오는 맑은 바람과 저 산 사이에 떠있는 밝은 달은 귀로 들으면 바람소리가 되고 눈으로 만나면 달빛이 된다. 이것은 무진장한 보배창고이다."

맞는 말이다. 한강 고수부지에서 "한강 바람 쐬는 데 5분에 얼마" 하고 돈 받는 사람은 없다. 혹시 김선달이라면 또 모를 일이기도 하다. 하지만 달을 10분 쳐다보는 데 얼마이고, 햇볕 한 시간 쐬는 데 얼마이고, 도봉산 꼭대기에서 세 시간 숨 쉬는 데 얼마이고 한다면 참으로 팍팍한 삶이 될 것이다. 소동파가 살았던 시대나 지금이나 앞으로도 그러하겠지만 달 구경 요금을 낼 일은 없을 것이다. 만약 그런 요금제도가 있었다면 이태백(李太白)은 달에게 저작권료를 얼마나 내야 할까?

이 무궁무진한 보배창고 이야기를 듣고 나그네는 법열(法悅)의 미소를 머금는다. 그리고는 잔을 씻어 다시 권커니 자커니 술을 따른다. 무엇 때문에 이 대목에서 나그네와 동파는 잔을 씻었을까? 술잔에 묻었을지도 모를 무슨 세균 때문이었을까? 아마도 나그네는 술잔에 묻어 있는 우울세균을 씻어내느라 잔을 씻었을 것이다. 조금 전까지만 해도 덧없는 인생의 우울 증세에 걸려있던 나그네가 동파 거사의 청량법문(清凉法門)을 듣고는 우울증이 싸악 나아버린 것이다. 그리고는 온갖 안주가 다 떨어지고 술잔과 안주를 담았던 접시가 뒤집어질 때까지 참이슬도 마시고 새벽이슬도 마신다. 이제 나그네와 소동파 일행에게는 너와 나의 구분이 사라져버린다. 차이는 있지만 차별은 없어진 것이다. 하여 동파 거사는 이렇게 글을 마무리한다.

나룻배 안에서
서로를 베개 삼고 드러누워
동쪽이 이미 환하게
밝은 것도 알지를 못했다
相與枕籍乎舟中 不知東方之旣白

스쳐 지나갈 일이다. 잔물결 하나 일으키지 않고 조용히 빰을 스치는 강가 맑은 바람처럼.

그리운
어머니

고개 돌려 북평촌을
때로 한 번씩 바라보니
흰 구름 날아 내리는
저녁 산이 푸릇푸릇하구나

回首北坪時一望
白雲飛下暮山靑

— 신사임당 〈대관령 넘어가는 길에 친정집 바라보며〉에서

머리 하얀 어머니 강릉에 남겨두고

몸만 서울 향해 홀로 떠나는 이내 심정

고개 돌려 북평촌을 때로 한 번씩 바라보니

흰 구름 날아 내리는 저녁 산이 푸릇푸릇하구나

慈親鶴髮在臨瀛　身向長安獨去情

回首北坪時一望　白雲飛下暮山靑

　율곡(栗谷) 이이(李珥, 1536~1584) 선생의 어머니인 신사임당(申師任堂, 1504~1551)이 지은 〈대관령을 넘어가는 길에 친정집을 바라보며[踰大關嶺望親庭]〉라는 시다.

　대관령(大關嶺), 신사임당이 친정을 오갈 때 오르내린 고개이다. 워낙 험하고 급해 대굴대굴 구르기 십상이었다 해서 '대굴령'이라 했다고도 한다.

　대학 시절, 강원도 지역에 있는 사찰을 답사하게 되면 대관령 동쪽 경사면 아흔아홉 구비를 달리는 버스의 움직임에 멀미를 하는 친구들이 더러 있었다. 어느 선배가 "버스가 중간에 멈추면 다들 내려서 서울까지 버스를 밀고 가야 된다"고 협박 아닌 협박을 하는 통에 버스 안에서 숨죽이고 잔뜩 긴장했던 기억이 새롭다. 대한민국의 눈부신 토목기술 덕택에 이젠 터널을 지나고 공중에 뜬 고속도로를 달리다보면 곧 강릉이라, 오르락내리락 좌우로 요동치는 버스를 탈 기회가 없어졌다.

율곡 선생의 〈선비행장(先妣行狀)〉에 실려 있는 이 시는 사임당이 38세 때 대관령을 넘다가 고개마루턱에 앉아 지은 것으로 알려져 있다. 임영(臨瀛)은 강릉의 옛 이름이다. 영(瀛)은 큰 바다를 가리키니, 곧 큰 바닷가에 있는 고을이라는 뜻이다. 영동고속도로 대관령 휴게소에서 안쪽으로 조금 들어가면 사임당의 시비에 이 시가 새겨져 있다.

대관령 고개를 올라가는 동안 사임당은 몇 번이나 고개를 돌렸을까?

"조금 더 가면 이제 더 이상 친정집을 볼 수 없겠지…."

해서 사임당은 고갯마루에 털썩 주저앉았을 것이다. 날은 저물어가고, 어머니의 하얗게 센 머리카락과 닮은 흰 구름들이 저 산 아래 아래로 날아서 내려간다. 구름 따라 단숨에 달려 내려가고 싶지만 서울로 가야 하는 몸이다. 어찌 마음까지 떠날까? 눈물이 아롱졌을 그녀의 두 눈에 강릉의 바다빛깔을 닮은 푸른 산들이 밀려들고 또 밀려들었을 것이다.

고갯마루에 덩그러니 앉아 멍하니 바라만 보아야 하는 심정, 머릿속에 수많은 상념들이 스쳤을 것이다. 경포대(鏡浦臺) 앞 시원한 한 줄기 바람, 한송정(寒松亭)에 외로이 뜬 달, 어머니 슬하에서 색동옷에 바느질하던 생각, 오순도순 어울리던 친지들의 환한 웃음.

"너하고 꼭 닮은 딸 하나 낳아 키워보면 내 마음 알 거다."

어미는 딸에게 이렇게 말하고, 그 딸은 다시 어미가 되어 자신의 딸에게 또 이렇게 말한다. 보이지도 않고, 들리지도 않고, 손으로 잡을 수도 없는 어머니의 정, 그 나이쯤 되어서야 비로소 어렴풋이나마 더듬어볼 수 있는 그 강줄기의 깊은 속은 그렇게 이어진다. 사임당의 애틋한 심정은 그 아들에게로 이어졌고, 사임당이 세상을 뜬 뒤 율곡은 어머니에 대한 그리운 정을 이기지 못해 금강산에 잠시 출가했던 것으로 전해진다.

어머니! 이 단어만큼 심장을 옥죄는 것도 드물다. 사임당의 어머니도 세상을 뜬 지 오래고, 사임당 역시 세상을 뜬 지 오래다. 하지만 어머니를 향한 애틋한 정을 담은 이 시는 세상을 떠나지 않고 또 이렇게 전해지고 있다.

나의 어머니가 돌아가신 지도 벌써 몇 해가 흘렀다. 돌아가신 어머니도 살아계신 어머니 못지않게 자식의 마음을 울컥하게 만든다. 무릎주사를 맞다가 효력이 더 이상 나지 않아 걷지도 못하게 되신 채 돌아가신 어머니, 떠올리면 가슴이 미어진다. 시를 읽고, 고전을 읽고, 글을 쓴다는 것이 참으로 부질없다. 이런 것들로는 이 못난 자식의 허물을 조금도 덮을 수 없기 때문이다.

공간적인 길은 몇 리다 몇 킬로다 하고 일정하게 표시할 수 있지만 시간의 길은 몇 년을 한순간에 뛰어넘기도 하고, 수억 겁을

한 찰나로 압축하기도 한다. 아마 그래서일 것이다. 이 시를 읽는
동안, 나는 대관령 고갯마루에 털버덕 주저앉게 되고, 어머니의
옷자락이 슬쩍 비치는 골목길을 또 서성거리게 된다.

때마침 김광석의 노래가 한숨처럼 귓가에 흐른다.

그대 보내고 멀리
가을 새와 작별하듯
그대 떠나보내고
돌아와 술잔 앞에 앉으면
눈물 나누나
그대 보내고 아주
지는 별빛 바라볼 때
눈에 흘러내리는
못다 한 말들 그 아픈 사랑
지울 수 있을까

지는 꽃
바라보며

어제 밤비에
꽃이 피더니
오늘 아침 바람에
꽃이 지네

花開昨夜雨
花落今朝風

─ 송한필(宋翰弼) 〈작야우(昨夜雨)〉에서

몽유록

겨울이 가고 봄이 성큼 다가섰다. 어느 시인의 시였는지 수필이었는지 "개나리 피었다는 편지를 받고 진달래 한창이란 답장을 냈소" 하는 글을 읽은 기억이 있다. 정확한 내용은 혹 다를 수도 있다. 어찌 되었건 봄날이 코앞이다. 곧 여기저기 꽃이 피고 또 꽃이 질 것이다.

곧 전국의 앞산 뒷산 먼 산 가까운 산에 진달래가 피어날 것이다. 강원도 영월 청령포(淸泠浦)에도 진달래가 피고, 소쩍새 울음소리가 꽃잎마다 스며들고 새벽 달빛이 꽃가지에 스며들 것이다. 이곳에 유폐되었다가 비운의 죽음을 맞이했던 단종이 지은 시가 있다.

원한 맺힌 소쩍새가 한번 제왕의 궁전에서 쫓겨난 뒤로
외로운 몸에 그림자 하나로 푸른 산속에 깃들었네
밤이면 밤마다 잠을 이뤄보려 하지만 선잠조차 들지 않고
해마다 해마다 한을 삭혀보려 하지만 한이 삭지를 않네
울음소리 멈춘 새벽 멧부리에 잔 달만 하얗고
피눈물 떨어진 봄 골짜기에 떨어진 꽃잎 붉어라
하늘도 귀가 멀어 애달픈 하소연을 듣지 못하는데
어쩌자고 시름 겨운 사람만 귀가 이리도 밝은지
一自冤禽出帝宮 孤身隻影碧山中
假眠夜夜眠無假 窮恨年年恨不窮

聲斷曉岑殘月白　血淚春谷落花紅

天聾尙未聞哀訴　胡乃愁人耳獨聽

　　원한 맺힌 새는 소쩍새이다. 소쩍새는 국화를 피우기 위해서
울기도 하고, 그 울음소리는 산천을 붉게 덮는 진달래와 철쭉으로
피어나기도 한다. 또 소쩍새는 우짖는 새이기도 하면서 단종 자신
이다. 단종 소쩍새는 새벽이 올 때까지 산에서 울고 단종은 방 안
에서 자신의 울음소리를 듣는다. 그 울음소리가 새벽마다 진달래
로 피어나 계곡을 따라 흐른다.

　　밤마다 잠이 올 리 없다. 그래도 잠을 이루려 애를 써본다. 애
를 쓰면 쓸수록 소쩍새의 울음소리는 고막의 달팽이관을 선명하
게 두드린다. 그 가슴속에 스며든 한이 어이 쉽게 녹아내리랴. 한
을 녹이려 하면 할수록 한은 새록새록 불어난다. 그렇게 꼬박 뜬
눈으로 지새다가 새벽이 올 무렵이면 문득 소쩍새 울음소리가 뚝
그친다. 산에서 우는 소쩍새 울음소리는 그치지만 단종의 가슴
속에 메아리치는 소쩍새의 울음소리는 점점 더 커질 뿐이다. 점
점 소리가 커지면서 가슴 속 '한'의 세포를 증폭 증식시킨다. 그
한의 에너지가 앞산 뒷산 자락으로 입체적으로 동심원을 그리면
서 퍼져나간다. 바위에 부딪히면 바위 아래에서 진달래로 피어나
고 언덕에 부딪히면 언덕 아래에서 철쭉으로 피어난다. 하지만 하

늘은 희끄무레 들은 체 만 체다. 다시 돌아오는 메아리, 한으로 가
슴이 더 미어지는 단종 홀로 소쩍새의 메아리 울음소리를 들을
뿐이다.

이 시는 얼핏 읽으면 슬프고 애절하다. 하지만 다시 읽어 보면
슬픔과 한을 객관화시켜 바라보고 있는 단종의 맑은 눈망울이 보
인다.

조선 중기 송한필(宋翰弼)의 〈작야우(昨夜雨)〉도 마찬가지다.

어제 밤비에 꽃이 피더니
오늘 아침 바람에 꽃이 지네
가련하다, 한바탕 봄날의 일이여
비바람 속에서 왔다 가네
花開昨夜雨 花落今朝風

可憐一春事 往來風雨中

율곡의 제자로 명망이 자자했던 송한필은 문장가로도 당대를
풍미했던 인물이다. 하지만 형 송익필(宋翼弼)과 더불어 이이(李珥)
를 옹호하다가 동서(東西)로 갈린 당파 싸움의 희생양이 되어 가
족이 모두 노비가 되고, 이후 행적조차 알 길이 없게 된 사람이다.

그가 이 시를 언제쯤 썼는지는 알 길이 없다. 온 집안이 풍비박

산난 후일 수도 있고, 어쩌면 처참한 비극이 닥칠 앞날을 예견하고 미리 썼을 수도 있다.

채 하루도 버티지 못하고 땅에 떨어져 무참히 짓밟히는 꽃잎, 작자는 '가련하다'며 탄식했지만 내 눈에는 작자가 가련해 보이지를 않는다. 오히려 지극히 슬플 수도 있는 개인사를 피고 지는 꽃을 바라보면서 정제해내는 시인의 맑은 눈망울이 떠오를 뿐이다.

지인의 아들 이야기다. 네다섯 살 무렵이었다고 한다.

한겨울에 눈이 펄펄 내리는데 아이가 자꾸 밖으로 나가려 하자, 아빠가 말렸다.

"눈 맞으면 감기 걸려."

"아빠, 나는 감기 안 걸려."

"그게 무슨 소리야? 비 맞아도 감기 걸리잖아."

"아빠는 뭘 모르는구나."

"내가 뭘 모르는데?"

"에이 아빠, 나무가 비를 맞으면 꽃이 피잖아? 사람이 눈을 맞으면 꽃이 되는 거야. 눈꽃!"

허허, 이 아들놈 타고난 시인이다. 어른들 눈에는 꽃이 속절없이 지는 것으로 보이겠지만, 이 아이의 눈이라면 꽃이 사람들이랑 놀려고 바닥으로 내려온 것으로 볼 수도 있겠다 싶다.

그렇다. 봄바람의 낙화는 가을 태풍의 낙과에 비하면 덜 슬픈 것이고, 낙과도 향긋하게 익은 후에 담장 너머 손님이 소리도 없이 가져가는 것에 비하면 차라리 참을 만하다. "아빠는 뭘 모른다"며 타박한 아이의 눈에는 어쩌면 이 시가 거꾸로 읽힐지도 모른다.

> 비바람 속에 오락가락하는
> 아름다운 한바탕 봄날의 잔치여
> 오늘밤 세찬 바람에 꽃이 떨어져도
> 내일 아침 고운 비에 새 꽃이 피겠지

그렇다! 덧없다는 그 세월이 흘러준 덕분이다. 이렇게 흐드러지게 꽃이 피고, 초목이 우거지고, 수북이 낙엽이 쌓이고, 그 위로 눈이 덮이고, 다시 싹이 돋는 것이 말이다. 사계절의 순환만 아니라 한 봄 안에서도 마찬가지다. 손톱만 한 싹을 틔워 가녀린 줄기가 뻗고 주먹만 한 꽃을 피웠다가 뚝! 떨어진다. 무상(無常)의 힘이 아니라면 장대한 이 파노라마가 어찌 펼쳐지고, 신비한 이 변화가 어찌 일어나겠는가?

무상(無常), 마냥 슬픔에 잠길 일만은 아니다. 그 슬픔의 힘으로 한바탕 눈물을 쏟아내고, 그 눈물로 씻어낸 맑은 눈동자로 다시 세상을 바라볼 일이다.

유리수에 갇힌
눈동자

찾아와 도를 물으니
다른 말씀 없으시고
구름은 하늘에 있고
물은 병 속에 있다 하시네

我來問道無餘說
雲在靑天水在缾

—《전등록傳燈錄》〈약산장藥山章〉 이고(李翶) 게송에서

당나라 때 일이다. 낭주(朗州) 자사(刺史) 이고(李翶)가 약산유엄(藥山惟儼, 745~828)선사의 고명을 듣고, 선사를 여러 차례 관아로 초청하였다. 유엄선사가 초대에 응하지 않자, 이고가 직접 약산으로 찾아왔다. 하지만 선사는 경전을 들고 읽는 시늉을 하면서 돌아보지도 않았다. 이에 곁에 있던 시자가 큰소리로 아뢰었다.

"스님, 태수께서 오셨습니다."

한유(韓愈)의 제자로서 강직한 대유(大儒)라는 평이 자자했던 이고가 꽤나 자존심이 상했었나 보다. 대뜸 날 선 목소리로 한마디 던졌다.

"직접 보니 소문만 못하군!"

그러자 선사가 경전을 내려놓더니 "태수!" 하고 불렀다.

이고가 퉁명스럽게 "예" 하고 대답하자, 선사께서 말씀하셨다.

"어쩌다 귀는 귀하게 여기고 눈은 천하게 여기게 되셨을까?"

그러자 이고가 공손히 합장하면서 무례를 사과하고, 여쭈었다.

"무엇이 도(道)입니까?"

선사가 손으로 위를 가리켰다가 다시 아래를 가리켰다. 그리고 말했다.

"아시겠습니까?"

"모르겠습니다."

"구름은 하늘에 있고, 물은 병에 있지요.[雲在靑天水在缾]"

이 한마디에 이고가 흐뭇해하며 절을 올리고, 게송을 지어 올렸다.

> 수행으로 다져진 몸은 학의 모습 같고
> 천 그루 소나무 아래엔 두 상자의 경전뿐
> 찾아와 도를 물으니 다른 말씀 없으시고
> 구름은 하늘에 있고 물은 병 속에 있다 하시네
> 練得身形似鶴形　千株松下兩函經
> 我來問道無餘說　雲在靑天水在甁

불러서 오지 않자 찾아가서 만났다니, 이고는 꽤나 정열적이었나 보다. 한 고을의 태수를 콧등으로도 반기지 않는 산속 늙은이의 행태에도 삐쳐서 돌아서지 않았다니, 이고는 꽤나 그릇이 컸나 보다. "귀로 소문을 들었을 때는 잔뜩 값을 쳐주더니, 정작 직접 눈으로 볼 때는 왜 그리 신중하지 못하냐"는 통박에 번뜩 정신을 차렸다니, 이고는 꽤나 귀가 밝았나 보다. "구름은 하늘에 있고, 물은 병에 있다"는 한마디에 털 빠진 닭처럼 볼품없던 스님이 갑자기 학처럼 보였다니, 이고는 꽤나 눈이 밝았나보다.

귀가 밝고 눈이 밝은 사람, 소위 총명(聰明)한 사람들이 세상에 넘쳐난다. 하지만 과연 이고처럼 총명한 걸까? 자기가 세워놓은 기준에 따라 상하(上下)를 나누고, 시비(是非)를 논하고, 남에겐 한 자를 요구하면서 자신은 한 치도 내어주지 않고, 한번 내질렀다 하면 끝내 거둬들이지 않는 게 요즘 총명하다는 사람들이 하는 행태이다. 그들은 볼 때도 자기가 그어놓은 선에 따라서 보고, 들을 때도 자기가 그어놓은 선에 따라서 듣는다. 그리곤 재빨리 호오(好惡), 선악(善惡), 시비(是非), 염정(染淨)을 분별한다. 그걸 총명함이라 자부한다.

언젠가 재헌이와 작은 골목길을 걸을 때였다. 따분했는지 재헌이 먼저 말을 꺼냈다.

"형님, 저 작은 도랑 보이시죠? 저 도랑 왼쪽은 평화동이고 오른쪽은 부곡동이랍니다."

"그럼, 저 도랑은?"

"반은 평화동이고, 반은 부곡동이죠."

"거 참, 날마다 흘러가고 새로 흘러드는 저 물을 반으로 나누자면 양쪽 동장님이 꽤나 바쁘시겠다."

눈치를 챘는지, 재헌이가 고개를 돌렸다.

"저쪽 평화동 골목에 국밥 잘하는 집이 있습니다. 얼른 갑시다."

산에도 강에도 들판에도, 어디에도 선은 없다. 별로 정확해보이지도 않는 구부정한 자를 들고서 여기저기 선을 긋고 "여기는 무슨 동 몇 번지, 저기는…"하고 똑똑한 척하는 건 사람뿐이다. 새벽에도, 낮에도, 저녁에도, 어디에도 선은 없다. 별로 정밀해보이지도 않는 낡은 시계를 들고서 "지금은 몇 시 몇 분 몇 초, 또…" 하며 단어와 숫자를 들이밀면서 총명함을 자랑하지만 기실 헛똑똑이 짓이다.

허나 이고처럼 진짜로 총명한 자들도 꽤나 있었나보다. 숫자를 전문적으로 다루는 수학자들 중에도 자신의 측량에 한계가 있음을 인정하고 유리수(有理數) 너머 무리수(無理數)를 상정한 이들이 있었으니 말이다.

자연은 본래 숫자 속에 가둘 수 없다. 자연만 그럴까? "이 사람은 어떻다, 저 사람은 어떻다"고들 하지만 그게 이 사람 저 사람의 진면목을 보고 하는 소리일까? 제각기 엉터리 줄자, 엉터리 시계, 엉터리 저울을 들고서 하는 소리다.

제법 오래된 이야기다. 어느 큰스님이 고향 마을 근처를 지나시다가 우연히 택시를 타게 되었다. 택시 기사분이 넉살 좋게 말을 걸었다.

"스님, 혹시 어느 큰스님 아십니까?"

그가 언급한 이름은 자신이었다. 그 스님이 되물었다.

"그분을 아십니까?"

"그분이 여기 출신 아닙니까. 아휴, 잘 알지요."

그 큰스님은 기억을 돌리고 또 돌려보았지만 택시기사는 일면 식도 없는 사람이었다. 그래서 물었다.

"혹시 저를 아시나요?"

그가 눈을 끔뻑거리며 한참 쳐다보다가 이렇게 말했다고 한다.

"모르겠는데요."

택시기사가 "안다"는 그 큰스님은 과연 누구일까? 멀쩡히 두 눈 뜨고 코앞에 마주하고도 "모르겠다"는 건 또 뭔가? 우리가 '안다' '모른다' 하는 것이 이렇게 허술하기 짝이 없다.

구름과 물, 그것 자체에는 경계선이 없다. 자체가 구별된다면 구름은 비로 내려 물이 될 수 없고, 그 물은 증발되어 구름이 될 수 없다. 구름과 물을 나누는 것은 온전히 유리수에 갇힌 사람들의 몫이다. 이걸 번뜩 알아차렸으니, 이고는 진짜 총명한 사람이다.

훗날 굉지정각(宏智正覺, 1091~1157)선사가 이를 두고 노래하셨다.

구름은 하늘에 있고 물은 병에 있다 하심이여
몇 사람이나 저울 눈금을 잘못 읽었던가
우렁차게 일러주신 약산 스님의 여덟 글자
지금까지도 그 말씀 온 세상을 돌아다니네
雲在青天水在缾 幾人錯認定盤星
藥山八字轟開也 恰到而今話大行

공감共感

모든 중생들이 병으로부터 자유롭게 된다면
나도 아프지 않을 것입니다
왜냐하면 보살의 병은
대자비심에서 생긴 것이기 때문입니다

We're all living beings free from the sickness I also would not
be sick, because the sickness of Boddhisattva arises from great
compassion.

—《유마경(維摩經)》〈문수사리문질품(文殊師利問疾品)〉 영역본에서

고꾸라진 노인네 다 떨어진

누더기로 추위를 견디다가

해 떨어지자마자 잠이 들어

새벽 까마귀 소리에 깨었네

온 몸뚱이 구석구석이 아파

의사도 치료하기 어려우니

같은 병 앓으며 서로 가엾게 여겨줄

작가 어디 없을까

老倒扶寒破衲遮　黃昏眠去五更鴉

通身是痛醫難治　同病相憐誰作家

《선종잡독해(禪宗雜毒海)》에 수록되어 있는 설교신(雪嶠信)선사
의 시다. 모든 것이 허물어져가는 늘그막, 남은 것이라곤 낡은 누
더기 한 벌에 구석구석 아프지 않은 곳이 없는 몸뚱이 하나뿐이
다. 그 낡은 누더기로 병든 그 몸을 추스르며 어찌어찌 하루를 버
티다가 해가 떨어지자마자 지쳐 잠이 든다. 그리고 까마귀 소리에
눈을 뜬 새벽, 오늘이라고 나아질 구석은 없다. 선사는 다시 눈을
감는다.

　"이 아픔을 알아주기라도 하는 사람이 곁에 있다면 얼마나 좋
을까?"

이쯤에서 눈물도 한 방울 흘렸다면 더욱 극적이었을 것이다.

처량하기 짝이 없다. 산중의 선지식(善知識)이라는 분이, 그것도 한때 명망이 자자했던 분이 자신을 이렇게 묘사하다니, 놀랍다. 하지만 이 분이야말로 진짜 선지식이다. 왜 그런가?

대학 시절에 《유마경(維摩經)》 영역본을 읽다가 가슴이 찌릿했던 구절이 있다. 〈문수사리문질품(文殊師利問疾品)〉에 나오는 내용이다.

> 문수사리 보살이 유마 거사에게 물었다.
> "거사님의 병은 어떤 원인으로 생긴 것입니까?"
> "모든 중생이 병들었기 때문에 저도 병든 것입니다."
> "거사님의 병은 언제 낫게 됩니까?"
> 이때 유마 거사가 답했다.
> "모든 중생들이 병으로부터 자유롭게 된다면 나도 아프지 않을 것입니다. 왜냐하면 보살의 병은 대자비심에서 생긴 것이기 때문입니다.(We're all living beings free from the sickness I also would not be sick, because the sickness of Boddhisattva arises from great compassion.)"

부처님도 많이 아파본 분이고, 보살 역시 마찬가지다. 아프지 않았다면 다른 이의 고통을 함께 느낄 수 없고, 이해할 수도 없다.

그런 사람이 과연 남의 아픔을 덜어줄 수 있을까? 덜어주기는커녕, 곁에 다가갈 마음이라도 낼까? 어림없는 소리다. 과부 설움은 과부가 안다고 했다.

불의의 사고로 세 살짜리 애기를 저 세상으로 보낸 엄마는, 일곱 살짜리 아들을 둔 이웃집 엄마가 근심스러운 표정으로 "우리 아이가 글쎄 자전거를 타다 넘어져 발목이 다쳤지 뭐예요" 하고 하소연할 때, "괜찮아질 거예요, 너무 걱정하지 마세요" 하며 따뜻한 손길로 그의 등을 다독인다. 오랜만에 만난 고향 친구가 스무 살짜리 딸이 교통사고로 손가락 두 개를 잃었다며 울고불고 난리 칠 때, 가만히 눈을 감고 말없이 친구의 손을 꼭 쥐어준다. 신비하게도 그의 손길은 일곱 살짜리 아이의 엄마와 스무 살짜리 딸의 엄마의 근심과 슬픔을 덜어준다. 위로란 이런 것이다. 세 살짜리 애기를 잃어본 엄마라야 선뜻 손길을 내밀 수 있고, 그런 엄마의 손길이라야 타인의 상처를 보듬을 수 있다.

'같은 병을 앓기에 서로를 가엾게 여길 줄 아는 훌륭하신 선지식 어디 없을까?'

나처럼 아파하는 이들 곁으로 다가가는 것, 설교신(雪嶠信)선사는 자신이 평생 한 소위 선지식 노릇이란 게 바로 이런 것이었음을 고백하고 있다. 부처님이란, 보살이란, 선지식이란 이런 분들이다. 그들은 어깨에 힘주거나 멋진 말을 쏟아낸 분들이 아니라 심장이 따뜻하고 손길이 따뜻한 분들이었다.

나는 50여 년을 극심한 어깨통증에 시달렸다. 오랜만에 만난 친구가 반가운 마음에 어깨를 툭 치면, 그 순간 천만 볼트의 전기가 온몸으로 찌르르 퍼졌다. 어깨를 부여잡고 숨을 들이키며 한참을 몸부림쳐야 겨우 그 통증이 가라앉았다. 묘하게도 밤이 되면 통증의 강도는 증폭되었다. 잠자는 후배를 깨워 어깨를 깔고 앉으라고 소리친 적이 한두 번이 아니었다. 저려오는 아픔에 잠은 오지 않고, 시달리다 지쳐 설핏 잠이 들었다가도 창 밖에 뒹구는 라면 봉지의 부스럭거리는 소리에도 곧바로 깨어났다. 캄캄한 방에서 누가 화장실 가려고 지나가다가 무심결에 팔꿈치라도 툭 치면 벌떡 일어나 멱살을 잡았다. 그 사람은 정말 아무 생각 없이 잠결에 발이 걸렸을 뿐인데, 나는 저 인간이 틀림없이 고의적으로 나를 힘껏 찬 것이라 생각했다. 밤새 잠을 이루지 못했으니, 낮이 되어도 누가 건들면 폭발할 것처럼 몸과 마음에 늘 불만이 가득 차있었다.

그 고통을 덜어보려고 애도 많이 썼다. 기원학사에서 지내던 시절이었다. 고질을 앓던 전홍걸 선생과 함께 인산(仁山) 선생님의 처방에 따라 뜸을 떴다. 콩알만 한 쑥뜸이 아니다. 조금 과장하자면 쑥을 애기 주먹만 하게 뭉쳐 족삼리(足三里)와 단전(丹田)의 맨살 위에 올려놓고 떴다. 하나를 뜨는 데 보통 40분에서 길게는 한

시간이 걸렸다. 10분쯤 지나면 서서히 열기가 느껴지고, 20분쯤부터는 살이 타들어가고, 30분쯤부터는 그 열기가 뼛속까지 파고든다. 그리고 불기가 사그라질 때, 묘한 쾌감과 시원함이 느껴졌다. 시커멓게 숯덩이가 된 살 위에 다시 쑥을 얹고, 또 불을 댕기고, 또 쑥을 얹고… 살 속으로 움푹 파고든 숯덩이가 갈라져 피고름이 터질 때까지 그 과정을 반복하였다. 복도를 지나던 이들이 살이 타는 냄새에 "어디서 오징어를 굽나?" 할 정도였으니, 쑥으로 바비큐 파티를 꽤나 한 셈이다.

"왜 나만 이런 몹쓸 병이 걸렸을까?"

누군가의 입에서 이런 말이 나왔다.

"업병(業病)이야. 업 때문에 그래."

도무지 기억도 나지 않는 행위에 왜 책임을 져야 한단 말인가!

그때는 그놈의 '업(業)'이라는 말이 그렇게 원망스러울 수 없었다. 세월이 흐르고, 많은 분들의 도움으로 어깨 통증이 다소 잦아들었다. 지나고 보니, 그 아픔이, 그 업이라는 것이 그리 나쁜 것만은 아니었다. 둘러보니, 아픈 사람은 나 혼자가 아니었다. 의외로 많은 이들이 이런저런 만성통증에 시달리고 있었다. 질병으로 인한 육체적 고통뿐 아니라, 이별과 상실, 분노와 원망으로 절망의 나락에 매달려 신음하고 있었다. 이 지긋지긋한 통증이 없었다면, 나는 그들의 아픔을 조금도 공감할 수 없었을 것이다.

20년은 조금 안 되는 저편의 세월에 다리가 부러져서 누워 지내던 기억이 있다. 끙끙 앓고 있는데 대학동기 한 사람이 찾아왔다. 그는 후에 인도까지 가서 공부를 많이 하고 왔다. 그 동기가 말했다.

"이 몸은 실체가 없는 것이니, 그렇게 관해보세요."

깁스는 풀었다지만 아직 목발 두 개를 의지해 겨우 걸으면서 수시로 뼈가 으스러지는 통증을 고스란히 맛보던 상황이었다. 그 말을 들었을 때, 머리로는 수긍이 갔지만 아프다고 아우성치는 뼈다귀들의 소란에 그 말이 가슴에 들어오지는 않았다. 그리고 얼마 후 한 선배님께서 병문안을 오셨다. 그 선배님은 군대 가서 근무하다가 다리뼈를 크게 다친 적이 있었다. 그분이 겪은 군대 병원 생활 이야기를 담담하게 풀어놓으시더니, 한마디 툭 던지셨다.

"한 번 누운 자는 반드시 일어난다."

아직도 그 말을 떠올리면 가슴속이 싸해진다. 지금 생각해보면 대학동기도 한없이 고맙고, 선배님의 말씀도 감사하다.

이제는 조금 알 것도 같다. 보살의 마음은 눈물로 빚은 다이아몬드라는 것을.

달그림자

지혜로운 사람이 물속 달그림자를 보듯이
거울 속에 비친 자신의 얼굴을 보듯이
더운 날 피어오르는 아지랑이처럼
'야호' 하고 부르면 돌아오는 메아리처럼
허공에 떠있는 구름처럼
물가에 엉긴 물거품처럼
물 위를 떠도는 물거품처럼
고갱이가 없는 파초처럼
번쩍했다 곧 사라지는 번개처럼

如智者見水中月　如鏡中見其面像　如熱時焰　如呼聲響
如空中雲　如水聚沫　如水上泡　如芭蕉堅　如電久住

—《유마경》〈관중생품(觀衆生品)〉에서

《유마경》〈관중생품(觀衆生品)〉에 이런 말씀이 있다.

문수사리 보살이 유마힐 거사에게 물었다.
"보살은 어떻게 중생을 관합니까?"
유마힐 거사가 대답했다.
"비유하면 마술사가 허깨비로 만든 사람을 보는 것처럼 봅니다.
보살이 중생을 관하는 것도 이와 같습니다.
마치 지혜로운 사람이 물속의 달그림자를 보는 것처럼
중생을 관하며,
거울 속에 비친 자신의 얼굴을 보는 것처럼
중생을 관합니다.
땅에서 열이 올라올 때 피어오르는 아지랑이처럼
중생을 관하며,
'야호' 했을 때 돌아오는 메아리 소리처럼 관하며,
허공에 떠있는 구름처럼 관하며,
물거품처럼 관하며,
물 위에 떠있는 물방울처럼 중생을 관합니다."

사실은 자신의 몸을 이렇게 관하라는 이야기다. 내 몸은 내 마음의 거울 속에 떠있는 그림자 모습이다. 그런데 우리는 그만 깜

박하고 이 몸이 그림자가 아니라 실체가 있는 것이라고 잔뜩 움켜쥐고 있다. 그림자인 줄 알면 누가 오른쪽 빰을 때렸을 때 왼쪽 빰뿐만 아니라 손바닥 발바닥까지 다 내줄 수 있다. 그림자를 아무리 후려쳐본들 소용이 없기 때문이다.

내 몸뿐만 아니라 천지만물을 그렇게 관할 수 있으면 참 좋겠는데, 누가 우리 집 대문 앞에 얼쩡거리기만 해도 '저 사람이 우리 집에 들어와서 물건을 훔치는 것은 아닐까?' 하고 코브라처럼 경계심의 목도리를 잔뜩 추켜올리는 사람이 혹 가다가 없지 않다.

일전에 어느 대학의 총장을 지내시기도 한 스님께서 강의하시는 것을 들을 기회가 있었다. 그때 그 스님께서 재미있는 말씀을 하셨다. 법문을 하면 법문을 들은 사람들이 집이나 직장에서 법문을 열심히 들은 것처럼 말하고 행동하고 다른 사람에게 양보하면서 살 것이라고 철석같이 믿으셨단다. 그런데 얼마 후에 자세히 보았더니, 법문을 들을 때뿐이고 집이나 직장에서는 전혀 법문의 내용이 힘을 발휘하지 못하는 것을 알고 충격을 받으셨다고 했다.

필자도 지금 《유마경》의 내용을 소개하고 있지만 이 글을 읽고 자신의 몸과 천지만물과 다른 사람이나 아들, 딸을 그림자로 메아리로 관할 수 있기를 마음속으로 참으로 간절하게 바라지만 현실화되기는 정말로 어렵다고 생각하고 있다.

조계사 대웅전에 있는 기둥들은 잘 알고 있다. 기둥 옆에 있는 좋은 기도 자리를 두고 노보살님과 젊은 보살님이 자리다툼을 하는 것을 눈 없는 눈으로 지켜보고 있기 때문이다. 대웅전의 출입문도 좋은 자리를 차지하기 위해서 새벽 예불이 시작되기 전에 와서 딱 지키고 있는 모습을 한두 번 보았겠는가? 스님들의 법문을 듣는 법당에서도 이럴진대 법당 밖의 집이나 직장이나 다른 사람과의 관계에서는 오죽하겠는가? 우리 스님들도 이것을 모르는 바는 아니지만 어릴 때는 다 그렇게 다투면서 크는 것이라고 어여삐 보시면서 오늘도 내일도 좋은 법문을 해주신다.

《유마경》의 내용으로 돌아가자.

그때 유마힐 거사의 방에 한 천녀(天女)가 있었다. 그녀가 천상의 꽃을 보살과 대제자들에게 뿌렸다. 천상의 꽃이 보살의 몸에 닿으면 방바닥으로 툭 떨어져버리는데 대제자들의 몸에 닿으면 착 붙어버렸다.

대제자들이 꽃을 떼어내려고 했으나 꽃은 떨어지지 않았다.

천녀가 사리불 존자에게 물었다.

"무엇 때문에 꽃을 떼어내려고 하십니까?"

"이 꽃은 여법하지 못한 것이기 때문에 떼어내고자 합니다."

"이 꽃이 여법(如法)하지 못한 것이라고 여기지 마십시오. 왜냐하면 이 꽃은 분별이 없는데 존자께서 분별을 일으키고 있을 뿐이기 때문입니다. 만약 불법에 출가하여 분별이 있다면 그것은 여법하지 못한 것이고, 분별이 없다면 그것이 여법한 것입니다. 모든 보살들에게 꽃이 붙지 않는 것을 보니, 이미 모든 분별상을 끊었기 때문입니다. 비유하면 어떤 사람이 두려워할 때 귀신[非人]이 그 틈을 비집고 들어가는 것과 같습니다. 이와 같아서 대 제자들이 생사를 두려워하고 있기 때문에 빛깔·소리·냄새·맛·감촉이 그 틈을 비집고 마음속으로 들어간 것입니다. 이미 두려움을 벗어나버린 사람은 모든 오욕(五慾)이 어찌해 볼 수가 없습니다. 번뇌의 습기가 아직 다 없어지지 않았기 때문에 꽃이 몸에 달라붙는 것일 뿐이니, 번뇌의 습기가 다 없어지면 꽃이 달라붙지 않습니다."

가시가 있는 넝쿨을 걷어낼 때, 가시를 두려워하지 않고 과감하게 넝쿨을 꽉 쥐면 가시가 손을 찌르지 못하지만 가시에 찔릴까봐 눈치를 보면서 머뭇거리면 가시가 손뿐만 아니라 발바닥까지 찌르면서 덤빈다. 삼천배를 할 때 무릎 걱정을 탁 놓아버리고 절을 하면 삼천배를 하고 나서 무릎 관절염이 극락왕생하지만 '혹시 무릎이 어떻게 되지 않을까?' 생각하면서 절을 하면 멀쩡했던 무릎도 딜렁딜렁 춤을 춘다.

눈앞에 닥쳐온 어려워 보이는 일도 마찬가지다. '그래, 어디 한

번 해봐라!' 하면 고비가 쉽게 넘어가지만 '이걸 어쩌나~' 하는 생
각이 새끼발가락 끝에라도 매달려 있으면 멀쩡했던 자동차 바퀴
도 못 간다고 아우성을 친다. 두려움은 어디서 오는가? '이것은 내
것이다' 하는 데서 온다.

'이 남자는 오로지 내 남자'라고 생각하는 찰나부터 '이 남자가
혹시 도망가지 않을까?' 두렵고, '다른 여자가 혹 채가지 않을까?'
두려워진다. 물론 모두의 이야기가 아니라 극소수의 이야기임을
밝히지 않을 수 없다. 아주 많은 여성들과 보살님들은 절대 이런
어리석은 생각을 하지도 않고, 그런 꿈도 꾸지 않는다. 아주 어쩌
다가 그런 분이 금생에 공부 삼아서 그렇게 집착을 해보기도 한
다고 들었다.

천녀와 사리불 존자의 대화를 좀 더 읽어보자.

사리불이 천녀에게 물었다.
"당신은 무엇 때문에 여인의 몸을 바꾸지 않습니까?"
천녀가 대답했다.
"저는 12년 동안 여인의 모습을 찾아보았지만 끝내 찾을 수가
없었습니다. 무엇을 바꿔야 한다는 것입니까?"
천녀는 신통력으로 사리불 존자를 여인의 몸으로 바꾸어버리
고, 자신은 사리불의 모습으로 바꾼다. 그리고 사리불에게 말

한다.

"사리불 존자시여. 존자께서 여인이 아닌데 여인의 모습을 나타
낸 것과 같습니다. 모든 여인들도 마찬가지여서 비록 여인의 모
습을 나타내고 있지만 여인이 아닙니다. 이 때문에 부처님께서
'모든 법에 있어서 남자도 따로 있는 것이 아니고 여자도 따로
있는 것이 아니다' 하고 설하신 것입니다."

부처님의 가르침을 실천하는 보살이려면 모쪼록 바로 보아야
하고, 또 바로 보아야 그가 곧 보살이다. 그렇게 애지중지하는 '나'
와 '너'마저 물속에 비친 달그림자와 같은데, 하물며 그 '나'와 '너'
에 덧붙여지는 남자니, 여자니, 잘났니, 못났니 하는 온갖 수식들
이겠는가? 그런 것들은 몽땅 물에 비친 달그림자가 다시 반사되
어 비친 제2, 제3, 제4의 그림자이다.

배려할 것인가,
배려받을 것인가

그대들은 마땅히 본래 몸의 모습을 버려서
저 사바세계에서 보살이 되고자 하는 이들이
자신을 비루하게 여기며 부끄러워하지 않게 하라

當捨汝本形
勿使彼國求菩薩者
而自鄙恥

—《유마경》〈향적불품(香積佛品)〉에서

몽유록

《유마경》의 스케일은 크다. 외계행성인 중향국(衆香國) 이야기가 열 번째 품인 〈향적불품(香積佛品)〉에 나온다.

엄청나게 많은 대중이 문수사리보살을 따라 유마 거사의 병문안을 갔다. 점심공양 때가 다가온다. 사리불 존자의 노파심이 전등을 켠다. '이 수많은 대중들이 어떻게 공양을 해야 할까?' 이렇게 속으로 생각을 일으키자마자 유마 거사가 퍼뜩 접수를 하고 중향국으로 화보살을 파견한다. 수인사를 나누고 발우에 향기로 된 밥을 얻어서 다시 유마의 방장으로 내려온다. 온갖 번뇌를 다 부드럽게 녹여주는 향반(香飯)이다.

《아유르베다》에서는 향기로 병을 치료한다. 지구촌에서도 향기만 맡아도 시장기가 싸악 가시고 뱃속이 든든해지는 음식을 개발한다면 어떨까? 하긴 수많은 식당들의 존폐 여부가 달린 문제라 그것도 마냥 환영할만한 일은 아니다. 화보살이 다시 지구의 유마 거사의 방장으로 내려올 때 중향국의 향적부처님을 모시고 있던 보살대중이 사바세계도 구경하고 유마 거사의 설법도 듣고 싶다고 청한다.

그때에 저 중향국의 구백만 보살이
다 함께 소리 내어 말하였다.
저희들도 저 사바세계에 가서

석가모니 부처님께 공양을 올리고
더불어 유마힐과 보살대중을 만나보고 싶습니다.

지구 안에서도 어디 좋은 곳이나 특이한 곳이나 경치가 아름답고 풍광이 수려한 곳이 있다는 말을 들으면 가고 싶어지는 건 인지상정이다. 시간이나 다른 여건이 갖추어지지 않아서 못 가본 곳이 사람마다 한두 군데이겠는가. 중향국의 보살들도 사바세계 유마 거사의 이야기를 듣고는 '도대체 어떤 곳이며, 유마 거사의 패션은 어떤 모양인가?' 궁금해진 것이다. 향적부처님이 허락하신다.

향적부처님께서 말씀하셨다.
가도 되긴 하지만
그대들의 몸에 뿜어져 나가는 향기를 거두어들여서
저 사바세계의 중생들이
미혹함을 일으켜 집착하는 마음이 일어나지 않게 할지어다.

그래서 구백만 보살이 모두 향기를 거두어들이고 사바세계로 내려왔다. 장난기 많은 한 보살이 있어서 향기를 거두지 않고 내려와 유마의 방장에 모인 대중들이 그 향기를 맡고 어떤 다른 상황이 벌어졌더라면 《유마경》의 경전 내용은 지금 우리가 접하는 것과 사뭇 달라졌을 수도 있을 텐데, 필자는 이 대목에서 향적부 처님의 스케일 큰 배려심을 배운다.

전에 어느 큰스님께서 잔잔한 음성으로 말씀하셨다.

"세상에서 가장 구린 냄새는 문자 좀 읽었다고 자랑하는 공부 자랑 냄새이다."

독서량이 아무리 많은 사람이라 해도 지구에 있는 책 전체 양 이나 수에서 보면 한두 권 읽은 사람이나 많이 읽은 사람이나 사 실은 큰 차이가 없다.

개미들 중에 힘이 좀 센 개미가 있어서 다른 허약한 개미가 입 으로 물어 올리는 흙보다 백배쯤 큰 흙덩어리를 물어 올린다 해 도 우리 인간의 눈으로 보면 거 뭐 큰 차이가 있겠는가? 그 말씀 을 듣고 안 그래도 책읽기를 별로 좋아하지 않았는데 잘됐다 싶 어서 책읽기에 열을 올리지 않는 어리석음을 범하고 있기도 하다.

큰스님 당신께서는 서른 살 이후로는 책을 읽지 않으셨다고 했 다. 생각해보면 "눈은 사물을 보고 사람을 보고 반가운 사람을 만나면 모양이 아름답게 되고, 보기 싫은 사람을 보면 찡그려지기 도 한다"고 어느 책에 써져 있기 때문에 우리가 그렇게 하는 것은 아니다. 책이 무엇인지도 모르는 갓난아기도 반가운 사람을 보면 방실방실 웃고 아빠가 혼내려 하면 표정이 확 변한다. 책 읽은 사 람은 책 안 읽은 사람을 배려해야 한다고 강하게 주장하는 것은 아니고, 좀 배려해야 되지 않겠나 하는 생각을 하고 있다.

향적부처님은 강도 높은 향기를 맡아본 적이 없는 사바세계 보살들이 중향국의 향기를 맡고 잘못될까봐 사바세계로 가는 대중들에게 향기를 몸에서 거두어들이고 내려가라고 신신당부를 했다.

또 그대들은 마땅히 본래 몸의 모습을 버려서
저 사바세계에서 보살이 되고자 하는 이들이
자신을 비루하게 여기며 부끄러워하지 않게 할지어다
또 그대들은
저 사바세계를 가벼이 여기고 천박하게 여겨서
스스로 장애를 일으키는 생각을 내지 말지어다
又當捨汝本形 勿使彼國求菩薩者
而自鄙恥 又汝於彼 莫懷輕賤 而作礙想

더러 중향국의 보살들이 유마의 방장에 내려오는 그림을 볼 수 있는데, 그 그림에 묘사된 모습은 중향국 보살의 본래 모습이 아니다. 사바세계 맞춤형으로 바꾸어서 내려오는 모습일 뿐이다. 만약 본래 모습 그대로 내려왔다면 지구 최장신 농구선수도 그 앞에서는 그저 땅꼬마밖에 안 될지도 모른다. 향적부처님의 배려심이 한층 더 돋보이는 대목이기도 하다.

무엇 때문이겠느냐?

시방의 국토가 다 허공처럼 실체가 없기 때문이니라.

또 모든 부처님께서

소승법을 좋아하는 이들을 교화하기 위해서

청정한 국토 전체의 모습을

사바세계에 나타내지 않은 것뿐이기 때문이니라

　중향국의 향적부처님뿐만 아니라 석가모니부처님께서는 우리 사바세계 중생들을 엄청나게 배려하고 계신다. 타인을 위해 스스로를 낮추는 사람들이 부처님과 보살님들뿐일까? '우리 주변에서도 알게 모르게 배려해주고 계신 분들이 많겠구나' 하는 생각을 하게 된다.

　'나의 배려심은 어떤 모양을 하고 있는가?' 가슴에 손을 얹고 반성해본다. 배려받기만 할 것이 아니라 조금씩이라도 배려하는 마음을 키워야겠다.

길 잃고
산 바라보기

약초 캐다
홀연히 길을 잃었네
일천 봉우리
가을 단풍 속에서

採藥忽迷路
千峰秋葉裏

— 율곡(栗谷) 〈산중(山中)〉에서

몽유록

시월의 마지막 날이다. 특별히 쓸쓸한 표정을 지을 일도 없고, 쓸쓸한 표정을 구경할 일도 없지만, '쓸쓸함'이라는 단어가 문득문득 떠오르는 날이다.

율곡 선생의 〈산속에서[山中]〉라는 시를 읽어본다.

약초 캐다 홀연히 길을 잃었네
일천 봉우리 가을 단풍 속에서
산에 사는 스님이 물 길어 돌아가더니
숲 끝에서 차 달이는 연기가 모락모락
採藥忽迷路　千峰秋葉裏
山僧汲水歸　林末茶烟起

김천에 사는 재헌이가 아프단다. 응급차에 실려가 링거 꽂고 뻣뻣하게 누워 지낸 지 일주일째란다. 교통사고로 허리를 다치더니, 번역한답시고 몇 달을 쭈그리고 앉아 용쓰다가 다시 탈이 났나보다. 대신 아파줄 수도 없고… 마음이 참 그렇다. 주머니라도 넉넉하면 대신 아파줄 외계인이라도 알아보고 싶은 심정이다. 허나 우주통신비도 없고, 있을지 없을지 모르는 외계인의 전화번호도 아직은 확보하지 못했다. 이런 농이라도 해야지, 이래저래 망상만 떠오를 뿐 내가 할 수 있는 일이 정말이지 딱히 없다. 겨우 문자 한 통 보냈다.

"좋아지려는 초대형 몸살이다. 끙끙거리며 견디다보면 얼마 안 있어 아주 건강해진다."

답장이 왔다.

"고마워요. 형."

그리고 며칠 후 다시 전화를 했다.

"어떠냐?"

"이제 앉고 일어서는 것은 돼요."

다른 사람의 부축을 받지 않고도 앉고 일어선다는 것, 그 행복 감을 아는 사람이 몇이나 될까? 하긴 모르고 사는 편이 훨씬 행복한 삶이다.

대학을 졸업하던 해 겨울이었다. 정릉에 있는 삼정사에서 하루 삼천배씩 일주일 정진을 할 때였다. 사흘째 저녁이었다. 더 이상 몸이 움직이질 않았다. 우두둑거리는 뼈 소리를 들으면서 계단을 내려올 때, 그때도 정체를 알 수 없는 쓸쓸함이 계단마다 흥건히 스며들었다.

스님에게 말씀드렸다.

"그만하겠습니다."

"그만해도 상관없어요. 차나 한잔 하고 가세요."

스님은 요사채로 손을 끌었다. 만감이 교차하는 가운데 힘겹게 차 한잔을 마셨다.

스님께서 한마디 던지셨다.

"불교를 전공한다는 학생이 일주일 동안 삼천배 하겠다고 약속하더니 사흘만 하고 내려갔다는 얘기를 평생 듣고 싶으면 내려가시던가."

그 말씀에 그 쓸쓸함을 딛고 다시 법당으로 향했다.

그리고 얼마 후, 대학을 졸업하고 대학원에 다닐 때였다. 기숙사인 기원학사(祇園學舍) 마당에서 시끄럽게 떠들며 돌던 동네꼬마들을 놀려줄 요량으로 2층에서 뛰어내리는 시늉을 하다가 정말 뛰어내리고 말았다. 마음먹고 뛰었다면야 발목 정도 삐끗하고 말았을 것이다. 전혀 그럴 마음 없이 정말 시늉만 하려 했는데… 그만 몸이 앞으로 쏠리고 말았다. 중심을 잃은 몸은 현관 계단 모서리를 향해 거꾸러졌고, 결국 허벅지 뼈가 박살이 나고 말았다. 곧바로 응급차에 실려 병원으로 향했다.

식은땀에다 정신까지 아찔할 지경인데, 정형외과 의사선생님은 "야, 이거 중환잔데, 이거 중환자야" 하면서 환한 얼굴로 맞이해주셨다. 그때 알았다. 의사라고 환자의 고통까지 아는 것은 아니라는 걸 말이다. 아픈 사람들과 늘 함께하는 의사도 환자의 아픔을 알지 못하는데, 자기 일에 열중하면서 살아가는 사지 멀쩡한 사람들이 나의 고통에 관심이나 가질까? 어림없는 기대였다.

어찌되었건 큼지막한 쇠를 박아 조각난 뼈들을 끼워 맞추는 수술을 했고, 오랫동안 꼼짝도 할 수 없었다. 그러다 목발 두 개를 짚고 퇴원했고, 그 이듬해가 되어서야 겨우 목발 하나로 쩔뚝거리며 스스로 거동할 수 있었다.

기숙사 현관 계단, 그 차가운 바닥에 다시 앉던 날, 그 쓸쓸함을 잊을 수 없다. 그 계단에 앉아 뚝 뚝 떨어지는 봄날의 목련을 바라보고, 후두두둑 지나가는 여름 소나기를 바라보고, 하염없이 흩날리는 낙엽을 바라보아야 했다. 오랫동안… 쓸쓸하게… 그때마다 계단 바닥은 왜 그렇게 시리고, 어깨는 또 왜 그렇게 시렸는지….

한번쯤 길을 잃어볼 일이다. 길을 잃어야 고개를 들게 되고, 고개를 들어야 주위를 둘러보게 되고, 모르고 지나쳤던 것들이 비로소 눈에 들어올 것이니 말이다. 온 산이 가을빛으로 곱게 물들었다는 사실을 새삼 알게 된 것도 길을 잃은 덕분 아닐까? 길을 잃지 않았다면 실컷 약초나 캐고 오솔길만 구경하다 돌아갔을 것이다. 게다가 영영 길을 잃는 것도 아니다. 내가 알던 길을 잃었을 뿐, 내가 모르던 새 길은 늘 있었다. 길을 잃는다는 건, 새로운 길을 알게 되는 계기인 것이다. 율곡이 약초꾼의 길을 잃고 산승의 길을 발견했듯이 말이다.

그러니, 한번쯤 길을 잃어볼 일이다. 그래, 나쁠 것 없다. 억지로 잃을 건 없지만 잃어도 괜찮다. 아니, 잃어볼만하다고 생각하자. 쓸쓸한 가을 산자락에 앉아 그렇게라도 서로를 위로하고, 또 위로를 받자.

남송(南宋)의 시인 육유(陸游)도 〈유산서촌(遊山西村)〉에서 노래하지 않았던가?

> 산 너머 산이요 강 건너 강이라
> 길이 없나 싶더니
> 버들나무 그늘에
> 꽃이 활짝 핀 마을이 또 하나 있었네
> 山重水復疑無路 柳暗花明又一村

내일이라도 재헌이에게서 이런 전화가 왔으면 좋겠다.
"형, 아프더니 도리어 몸이 좋아졌어요. 이제는 마라톤 풀코스도 세계 신기록으로 달릴 수 있습니다."

가을비

서로 바라보며 싫증내지 않고
그저 경정산에 있을 뿐

相看兩不厭
只有敬亭山

— 이백(李白) 〈경정산에 홀로 앉아[獨坐敬亭山]〉에서

신석정(辛夕汀, 1907~1974) 시인의 〈그 꿈을 깨우면 어떻게 할까요〉라는 시가 있다. 한 대목을 감상하고 이야기를 시작해본다.

어머니
먼 하늘 붉은 놀에 비낀 숲길에는
돌아가는 사람들의
꿈같은 그림자 어지럽고
흰모래 언덕에 속삭이던 물결도
소몰이 피리에 귀 기울여 고요한데
저녁 바람은 그 무슨 이야기를 하는지
언덕의 풀잎이 고개를 끄덕입니다
내가 어머니 무릎에 잠이 들 때
저 바람이 숲을 찾아가서
작은 새의 한없이 깊은
그 꿈을 깨우면 어떻게 할까요?

갑자기 꿈 이야기를 꺼낸 것은 교계기자 생활을 30년 동안 했던 지인이 하고 있던 일을 한 고비 마감하면서 지은 시를 읽고 나서이다. 그 지인은 〈담쟁이〉라는 제목의 그 시 마지막 구절에서 30년 세월을 녹여내 다음과 같이 표현했다.

아, 아프니까 알겠네
긴 꿈 또한 꿈이었음을

신석정 시인은 또 〈아 그 꿈에서 살고 싶어라〉라는 시에서 끝부분을 이렇게 마무리 하고 있다.

꿈이 아니면 찾을 수 없는
아 그 꿈에서 살고 싶어라
숲길을 휘돌아 실개천 건널 때
너는 이렇게 이야기 하드고--
그때 산비둘기는 둑에서 조으느라고
우리의 이야기를 엿들을 사이도 없었건만
낮에 뜬 초승달만 내려다보던 것을…

조선 시대의 문인 송곡(松谷) 이서우(李瑞雨, 1633~1709)는 앞서 간 부인을 꿈에 보고 이런 시를 지었다.

옥 같은 용모 어렴풋하더니 홀연히 사라지고
깨어보니 등불 그림자만 외로이 타오르네
가을비가 꿈을 깨울 줄 일찍 알았더라면

창문 앞에다가 벽오동을 심지 말았을 것을

玉貌依稀看忽無 覺來燈影十分孤

早知秋雨驚人夢 不向窓前種碧梧

망자를 애도하는 도망시(悼亡詩)이다. 오동나무 잎에 투둑 떨어
지는 빗소리에 그만 잠도 꿈도 다 깨고 만 것이다. 그 빗소리에 선
비만 꿈을 깬 것이 아니라 오동나무도 봉황새와 차담을 나누던
꿈이 깨버렸을지도 모른다. 오동나무의 꿈속에 찾아왔던 봉황새
도 그만 덩달아 졸음에서 깨어나 날개를 퍼덕거렸을 것이다.

　"인생은 한나절 꿈이다"라는 말은 인생이 부질없으니 정신줄
놓아도 된다는 이야기를 하려는 것이 아니다. 사실은 정신을 붙잡
고 있는 보이지 않는 고무줄의 탄력을 끊임없이 업그레이드 시키
라는 말이다.

　잘나가던 강타자가 어느 날 자기도 모르게 어깨에 힘을 잔뜩
주고 방망이를 휘두르면 휘두르는 족족 헛방망이질이 될 가능성
이 크다. 어쩌다가 야구공을 때리게 되어도 엉뚱하게 옆쪽 관중석
으로 날아가버린다. 야구선수가 어깨에 힘을 빼면 오히려 장타를
날리고, 골프선수가 팔에 힘을 빼면 공이 목표점에 가까이 가듯
이, "인생은 꿈이다" 하고 인생에 대한 나의 생각에 들어있는 힘을
쭈욱~ 빼면 오히려 인생을 활기차게 운전할 수 있다.

생각의 힘이 자연스럽게 빠지려면 몸에 들어가 있는 힘을 빼야 하고, 몸에 들어가는 힘을 빼려면 생각의 힘을 빼야 한다. 잔뜩 웅크린 채 용쓰는 힘이 빠지면 생각에 온기가 돌고 몸에는 온수가 돈다. 생각과 몸에 힘이 잔뜩 들어가 있는 상태가 오래 지속되면 생각도 몸도 굳어버리고, 굳어버리면 몸이 여기저기 쑤시지 않는 곳이 없게 되고, 다른 사람이 별 생각 없이 무심하게 던지는 한마디에도 마음이 엄청난 내상을 입게 된다.

정신고무줄에 탄력이 붙어있으면 누가 마음을 건드리는 이야기를 해도 여유롭게 "아차, 내가 이걸 놓치고 있었구나!" 하고 안으로 돌이켜볼 수 있지만, 정신고무줄이 어떤 원인으로 인해서 굳거나 탄력을 잃은 채 축 늘어져 있으면 이런저런 부작용이 발생한다.

전에 만난 어떤 사람이 이런 이야기를 들려준 적이 있다. 그가 전화 통화에서 심한 말을 듣고는 참으려고 애쓰다가 못 참겠다 싶어 전화를 걸어 상대방에게 실컷 험한 말을 쏟아 부었다고 한다. 그런데 상대방이 진지하게 "나는 그런 적이 없다"고 하는 것이다. 그래서 곰곰이 다시 생각해 보았더니, 자신이 심한 말을 들은 것이 꿈속에서 벌어진 일이었다고 한다. 이처럼 정신고무줄이 너무 팽팽하면 꿈속에 있었던 일도 현실이라고 착각하게 된다.

정신고무줄을 너무 많이 놓아버려도 문제다. 정성스레 보살펴주는 친딸에게 "누구신데 저한테 이렇게 잘해주세요?" 하고 질문을 던질 수도 있으니 말이다.

이태백의 정신고무줄이 어느 정도 탄력을 가졌는지를 짐작케 하는 시가 있다.

뭇 새들 높이 날아 사라지고
외로운 구름 한가로이 흘러가누나
서로 바라보며 싫증내지 않고
그저 경정산에 있을 뿐
衆鳥高飛盡　孤雲獨去閑
相看兩不厭　只有敬亭山

시의 제목은 〈경정산에 홀로 앉아[獨坐敬亭山]〉이다. 경정산은 중국 황산에서 뻗어 내려오다가 가지에서 솟아난 산이다. 안휘성에 있는 산인데 서울의 북악산(348m)보다 조금 낮다고 한다. 이태백이 이 시를 짓는 바람에 유명세를 치르고 있는 산이기도 하다. 그건 그렇고 이태백의 정신고무줄은 날아가는 새도 세게 당기지 않고, 구름에 연결되어있는 고무줄은 아예 풀어주고 있다. 날아가는 새들도 이태백을 잡아당기려는 생각이 애시 당초 없다. 구름은 어쩌면 고무줄 자체가 없을지도 모른다. 산은 이태백이 앉아있든 서있든 걸어 다니든 그저 산으로 있을 뿐이고, 이태백도 방석 당기듯이 산을 당겨서 앉아있는 것도 아니다. 이쯤 되면 이태백의 정신고무줄은 당기고 놓아줌이 자동 조절되는 고무줄이다.

내 몸 어딘가에 당김 증세가 있다면 내가 마음의 고무줄 몇 가닥을 나도 모르게 지나치게 당기고 있다는 신호이다. 당겨진 고무줄은 풀어주고, 늘어진 고무줄은 적절하게 잡아당겨서 몸도 마음도 탄력을 회복시킬 일이다.

문자로 그린
그림

앉아서 푸른 이끼
빛깔 바라보자니
사람의 옷에까지
스멀스멀 기어오를 듯

坐看蒼苔色
欲上人衣來

— 왕유(王維) 〈서사(書事)〉에서

소동파는 〈마힐의 남관연우도에 쓰다[書摩詰藍關煙雨圖]〉에서 "마힐 (摩詰)의 시를 음미하면 시 속에 그림이 있고, 마힐의 그림을 바라 보면 그림 속에 시가 있다.[味摩詰之詩, 詩中有畫, 觀摩詰之畫, 畫中有詩]" 고 왕유(王維, 699~759)를 평한 바가 있다. 마힐(摩詰)은 당나라 시 인 왕유(王維)의 자(字)로, 유마힐(維摩詰) 거사에서 차용한 것이다. 그의 시 〈서사(書事)〉를 감상해본다.

그늘진 누각에 보슬비까지 내려
깊숙한 집 한낮에야 문을 열었네
앉아서 푸른 이끼 빛깔이나 바라보자니
사람의 옷에까지 스멀스멀 기어오르겠네
輕陰閣小雨　深院晝慵開
坐看蒼苔色　欲上人衣來

　소동파의 평대로 시인의 붓끝을 따라 한 폭의 수채화가 천천 히 모습을 드러낸다. 날이 밝고도 옅은 구름이 드리워 어스름하더 니, 보슬보슬 비가 내린다. 게다가 숲속 깊은 곳에 인적도 드문 집 이라 적막함은 쉽게 깨지질 않는다. 방에 틀어 박혀 게으름 떨던 시인은 한낮이 되어서야 겨우 문이라도 열어본다. 허나 특별히 할 일은 없다. 그래서 가만히 앉아 턱하니 가는 대로 눈길을 던진다.

보슬비에 촉촉이 젖은 이끼가 그 눈에 들어온다. 번져가는 이끼의 푸른빛을 따라 눈길이 주위로 확대되고, 비로소 푸른빛이 사방을 가득 채우고, 시인의 옷자락까지 물들인다.

평온하다. 파르스름한 이끼의 빛깔에 녹아들어 가는 느낌이다. 프랑스 영화보다 더 느린 속도로 진행되는 장면의 전개에 지겨움은커녕 한없이 편안한 기운이 스며든다. 눅눅한 공기에다 빗방울의 옅은 비린내까지 느껴진다. 때로는 시가 그림보다 더 생생할 때가 있다.

시인은 눈앞에 펼쳐진 입체적 풍광을 평면의 문자로 표현한다. 독자는 그 평면의 문자를 통해서 시인의 눈동자에 비친 풍광을 상상으로 유추한다. 독자가 떠올리는 풍광과 시인의 눈에 비친 풍광이 같은지 아닌지는 크게 문제가 되지 않는다. 중요한 것은 작가의 글을 통해 떠오른 풍광이 독자에게 어떤 감동을 선사하느냐이다.

안목이란 이런 것인가 보다. 내가 타임머신을 타고 왕유의 뜨락으로 찾아가 곁에 앉아있었다 해도 나는 이렇게 보지 못하고, 이렇게 느끼지 못했을 것이다. 몇 개의 문자를 통해 독자들에게 새로운 세계를 열어주었으니, 시인의 재주가 놀라울 따름이다.

텔레비전이 일반화되지 않던 시절, 라디오 주위에 옹기종기 모여 축구 중계방송을 들었다.

"고국에 계신 동포 여러분 안녕하십니까. 여기는 말레이시아의 수도 쿠알라룸푸르입니다. 지금부터 아시안게임 축구경기를 중계해드리겠습니다. …"

지금 생각해보니, 그 아나운서의 솜씨 또한 왕유(王維) 못지않았다. 라디오 속에서 우리나라 선수들은 그야말로 신출귀몰한 솜씨를 뽐냈다. 열띤 아나운서의 목소리를 따라 청취자들은 동시에 와아~ 하고 함성을 터트리고, 에이~ 하고 탄식을 쏟아냈다. 직접 쿠알라룸푸르에 앉아 경기를 관람했더라도 그렇게 심장이 요동쳤을까? 혹시 모를 일이다. 아예 운동장에는 시선이 가지 않고 경기장을 등진 채 열심히 율동을 하는 치어리더만 봤을지.

왕유가 문자로 그린 그림을 한 폭 감상했으니, 문자로 연주한 교향곡도 한 곡 들어보자.

〈가을밤에 홀로 앉아서[秋夜獨坐]〉라는 시다.

홀로 앉아 희끗한 귀밑머리 서글퍼하자니
텅 빈 집이 어느새 한밤으로 접어드네
비 내리는 산에서는 나무 열매 떨어지고
깜빡거리는 등불 아래에는 풀벌레 소리
흰머리는 끝내 다시 검어지기 어려워라
단사로는 결국 황금을 만들 수 없지

생로병사를 없앨 방법 알고 싶은가

무생의 이치를 배우는 길 뿐이라네

獨坐悲雙鬢　空堂欲二更

雨中山果落　燈下草蟲鳴

白髮終難變　黃金不可成

欲知除老病　唯有學無生

　가을이 깊어가던 무렵이었을 것이다. 거울에 비친 희끗한 귀밑
머리, 계절만큼이나 나날이 시들어가는 자신의 모습을 우두커니
앉아 한없이 바라만 본다. 늙어간다는 건, 서글퍼진다는 건, 이런
것이겠지.

　이경(二更)은 대략 밤 9시에서 11시 사이다. 하지만 가을로 접어
들었으니, 제법 깊은 한밤중이다. 게다가 그 집은 산중에 있고, 비
까지 내린다. 사람이 사는 것 같지 않은 휑한 집은 어느새 깊은
어둠의 적막 속에 파묻힌다.

　시인은 무거운 어둠을 작은 등불 하나로 버티며 잠을 이루지
못한다. 서글픔 속에서, 적막함 속에서, 슬그머니 문지방을 타고
넘은 빗소리가 달팽이관을 두드린다. 풀잎을 흔드는 소리, 기왓장
을 두드리는 소리, 댓돌에 튕기는 소리, 마룻장에 스며드는 소리,
어쩌다 쿵! 하고 산에서 굵직한 나무 열매라도 떨어지면 한밤의

교향곡은 바야흐로 절정을 향해 달린다.

　빗방울이 잦아들고, 사방에서 넘실대던 합주의 어울림도 조금씩 잦아든다. 이젠 바이올린 독주 차례이다. 시인이 밝혀놓은 등불 아래로 기어든 풀벌레가 가녀린 선율로 제행무상(諸行無常)을 연주한다. 그 선율을 따라 시인은 막막한 어둠 속으로 흩어졌던 상념(想念)을 천천히 거두고, 등불을 마주한 자신으로 돌아온다.

　이 쓸쓸함을 어찌 달랠까? 불로장생(不老長生)의 묘약이 있고, 단사(丹沙)를 황금으로 변화시킬 비술이 있다 떠들지만 허황된 말일 뿐이다. 왕유는 시불(詩佛)이라는 찬사를 받은 사람답게 부처님의 가르침으로 묘방을 제시한다.

　"당신은 본래 태어난 적도 없어요. 늙고 병들어 죽는다는 게 웬 말이랍니까?"

제3부

한
잔
올
리
오
니

한 잔
올리오니

무궁무진 흐르는
산 아래 샘물을
산속 벗들에게
널리 공양 올리니

無窮山下泉
普供山中侶

— 우집(虞集) 〈한월천(寒月泉)〉에서

몽유록

원나라 학자 우집(虞集)이 조맹부(趙孟頫), 원각(袁桷), 왕계학(王繼學)과 함께 천관산(天冠山)을 구석구석 유람하다가 〈한월천(寒月泉)〉에서 읊은 시가 있다.

> 무궁무진 흐르는 산 아래 샘물을
> 산속 벗들에게 널리 공양 올리니
> 각자 표주박 하나씩 들고 와서
> 다들 보름달 하나씩 담아 가소
>
> 無窮山下泉 普供山中侶
>
> 各持一瓢來 總得全月去

네 사람 모두 훗날 대학자로 추앙받은 분들이니, 유유상종(類相從)이라는 말이 헛말은 아닌 듯싶다. 축단양(祝丹陽)이 그린 천관산도(天冠山圖)까지 더해졌기에 화제(畫題)로도 널리 쓰였고, 한월천(寒月泉)이 꽤나 유명한 찻물이었기에 다인(茶人)들도 즐겨 노래한 다송(茶頌)이다.

진리는 끝없이 흐르는 샘물과 같다. 그것은 사실 누구의 것도 아니다. 그래서 누구나의 것이 될 수 있다. 그 진리를 세상 사람들에게 설파한 이들을 성현(聖賢)이라 부른다. 하지만 소위 '가르침'이라는 그들의 말씀 역시 "여기 샘물이 있습니다"라는 외침이지,

무궁무진 흐르는 샘물 자체는 아니다.

그들은 왜 소리 높여 외쳤을까? 내가 그 샘으로 목을 축였듯, 세상 사람 모두 나처럼 목을 축였으면 하는 심정이었을 것이다. 그게 다. 목이나 축일까 싶어 작은 표주박 하나씩 들고 찾아온 사람들에게 예상치도 못한 둥근 보름달까지 선물하는 사람, 성현이란 그런 분들이었다. 공자께서도 《논어》〈안연(顔淵)〉에서 "군자는 다른 사람의 아름다운 장점을 완성시켜준다[君子成人之美]"고 했다. 그래서 세월이 흐른 후에도 추앙받는 것이다.

'가르침'을 전하려면 성현의 애틋한 비원(悲願)을 품고, '선생님' 소리를 들으려면 군자의 풍모를 간직했어야 하는데, 반성이 많이 된다.

내가 소위 선생 노릇을 시작한 것은 1989년 기원학사(祇園學舍)에서였다. 세상이 궁금하고 진리에 목말랐던 후배들이 선배는 뭘 좀 아는가 싶어 이것저것 물으러 하나둘 모여들었다. 나는 그들에게 "불교를 공부하려면 무조건 원효 스님의 〈발심수행장(發心修行章)〉을 외워야 한다"고 목소리를 높였다. 내가 그 글을 통해 부처님의 가르침을 한 그릇은 아니라도 한 방울쯤은 맛보고, 배는 채우지 못했어도 입술은 축일 수 있었기 때문이다.

1987년 무더운 여름이었다. 동국대학교 불교학 자료실에서 〈한국불교전서〉를 열람하다가 〈발심수행장〉에 이르러 심장이 뛰고 온몸이 전율하였다. 한문으로 쓰인 그 말씀이 평면에 쓰인 글자가 아니라 음성으로 들렸고, 정말이지 저절로 이해되었다. 목구멍이 타들어 가고, 입천장까지 바짝 말라붙었다. 정신을 차리고 보니 기원학사였다. 어떻게 도서관을 나와 버스를 타고 안암동 로터리까지 왔는지, 어떻게 개운사가 멀찌감치 보이는 길을 걸어 기원학사까지 왔는지, 도무지 기억이 나질 않았다.

그 강렬했던 경험을 후배들도 꼭 겪어봤으면 싶었다. 물론 수업료는 꽤나 저렴했다. 담배 한 갑, 혹은 몇 개비면 족했다. 그것까지는 꽤 선생다운 행태였는데, 그 다음이 문제였다.

강의 후 다음 시간까지 외워 오라고 한 대목을 암기하지 못하면 불같이 호통을 쳤고, 싸늘한 눈빛으로 상처를 주었다. 그런 나를 후배들은 그래도 선배 대접에 선생 대접까지 깍듯이 하며 예의를 차렸으니, 참 선근(善根)이 깊은 친구들이었다. 그들은 이제 다들 교계 각처에서 나름의 몫을 충실히 다하고 있다. 그저 고맙고 대견할 따름이다.

그 후로도 나의 선생 노릇은 계속되었다. 동국대학교 역경원에 적을 두고 지낼 때였다. 원전을 읽고 싶어 하는 학부생 대학원생들과 공부를 시작했다. 이 무렵에는 외우도록 요구하는 정도가 아니었다. 한술 더 떠 이렇게 목소리를 높였다.

"불교 공부 하고 싶으면 먼저 〈발심수행장〉부터 천 번 읽고 오세요!"

황당한 요구에도 꼬박꼬박 따라주는 사람들이 적지 않았다. 언젠가 한문 해독을 시킬 때였다. 이름이 '지혜'인 학생과 이름이 '반야'인 학생이 있었다. 한번은 그들을 이렇게 나무란 적이 있다.

"거 참, 지혜에게는 반야가 없고, 반야에게는 지혜가 없으니, 내가 어떻게 해야 할지 모르겠군."

지금 생각해보면 필자의 안목이 턱없이 모자랐다. 지혜에게서 흘러넘치는 반야를 읽어내지 못했고, 반야가 웅숭깊은 지혜를 갖추고 있는 것을 알아차리지 못했으니, 나는 지혜롭지 못하고 반야와도 거리가 먼 사람이었다.

의상대사(義湘大師, 625~702)께서 〈법성게(法性偈)〉에서 "온 허공 가득히 보배를 비처럼 흩뿌려 모든 생명을 이롭게 한다[雨寶益生滿虛空]"라고 말씀하셨다. 가르친다는 것은 사람을 휩쓸어버리는 것이 아니다. 설령 공중에서는 천둥이 우르릉거리고 번개가 친다 해도, 그렇게 해서 내리는 비는 보슬보슬해야 한다. 그래야 메마른 대지를 촉촉이 적시고 보드라운 새싹과 새잎을 톡톡 두드려 생기를 북돋울 수 있다. 그 빗발이 거세고 한꺼번에 퍼붓기라도 하면 꺾어버리고 휩쓸어버린다. 그런 비를 어찌 '보배 같은 비'라 하고, 그런 짓을 어찌 '만 생명을 이롭게 하는 행위'라고 할 수 있으랴!

저 심연의 태평양은 상상도 못할 거대한 에너지를 품고 있다.

하지만 파도 끝자락의 포슬포슬한 물거품으로 해변의 모래들을 사르륵사르륵 쓰다듬는다. 그래야 해변의 풍경이 아름답다. 그 에너지를 왈칵 쏟아 산더미 같은 파도를 일으키면 해변은 한순간에 폐허로 변한다.

나는 어떻게 가르쳤을까? 뒤늦은 후회란 이런 경우를 두고 하는 말일 것이다. 왕계학(王繼學)이 읊은 〈한월천(寒月泉)〉도 읽어보자.

샘이 맑아 오롯한 달님 나타나고
밤이 깊어 텅 빈 산이 서늘하니
굳이 차를 달이지 않아도
절로 씻기는 홍진의 번뇌

泉淸孤月現 夜久空山寒

不用取烹茗 自然滌塵煩

휘젓지만 않으면 샘은 절로 맑아
오롯한 달님이 고스란히 비치고
밤이 이슥해질 때까지 기다리기만 하면
몸도 마음도 절로 시원해진다.

요렇게 가르쳤어야 했는데….

사랑하는
임이여

꿈속의 혼도 다녀간 흔적을
남길 수 있다면
당신 문 앞 돌길이 반은
모래가 되었을 겁니다

若使夢魂行有跡
門前石路半成沙

— 이옥봉(李玉峰) 시에서

몽유록

안부를 여쭈오니, 요즘은 어떻게 지내시는지요

달빛 스민 사창에서 소첩은 한이 깊어만 갑니다

꿈속의 혼도 다녀간 흔적을 남길 수 있다면

당신 문 앞 돌길이 반은 모래가 되었을 겁니다

近來安否問如何 月到紗窓妾恨多

若使夢魂行有跡 門前石路半成沙

조선 선조 무렵의 여인 이옥봉(李玉峰)의 시다. 이옥봉은 옥천 군수를 지낸 이봉(李逢)의 얼녀(孽女)로 태어나 삼척 부사를 지낸 운강(雲江) 조원(趙瑗)의 첩이 되었던 여인이다. 그녀는 탁월한 시인이었다. 서애(西厓) 유성용(柳成龍)은 그녀를 허난설헌(許蘭雪軒)과 함께 조선 최고의 여류시인으로 꼽았고, 상촌(象村) 신흠(申欽)은 그녀가 죽서루(竹西樓)에서 지은 시구를 두고 "고금의 어떤 시인도 이에 비견할만한 시구를 지은 적이 없다"며 감탄했었다.

그녀와 조원(趙瑗)의 러브스토리는 꽤나 유명하다. 그녀는 어린 나이에 괜찮은 집안에 출가했다가 일찍 본남편을 여의었다. 한 번 결혼했던 여성은 재혼할 수 없던 시대였다. 아버지 곁으로 돌아온 그녀는 아버지의 모임에 종종 불려가 시재(詩才)를 뽐내곤 하였다. 그녀의 명성은 삽시간에 장안에 퍼졌고, 조원과도 그렇게 만나 서로 호감을 가지게 되었다. 조원은 남명 조식 선생의 수제자로서

율곡과 나란히 과거에 급제한 인물이고, 당시 승지 벼슬을 지내고 있었다. 물론 조원은 이미 결혼한 상태였다.

딸아이의 연정을 눈치 챈 아버지 이봉은 조원을 찾아갔다. 그리고 자기의 딸을 소실로 받아달라고 간청하였다. 조원은 일언지하에 거절하였다. 그러자 이봉은 굴욕을 감수하고 조원의 장인 이준민(李俊民)을 찾아갔다. 자신의 딸을 당신 사위가 첩으로 받아들이도록 당신이 직접 사위를 설득해 달라는 것이었다. 며칠 후 조원은 장인에게 불려갔고, 장인의 권유에 못 이겨 옥봉을 첩으로 맞았다고 한다.

그렇게 두 사람의 사랑은 결실을 맺고, 20여 년을 행복하게 살았다. 그러던 어느 날이었다. 평소 잘 알고 지내던 산지기 아내가 찾아와 옥봉에게 하소연하였다. 남편이 소도둑 누명을 쓰고 잡혀갔으니, 조원과 친분이 두터운 파주 목사에게 손을 좀 써달라는 것이었다. 안타까운 사정을 들은 옥봉은 파주 목사에게 시 한 수를 써 보냈고, 이 글의 힘으로 산지기가 무사히 풀려났다.

조원이 이 일을 알아버렸다. 조원은 부녀자가 함부로 송사에 관여했다는 이유로 불같이 화를 내면서 그녀를 내쳤다. 그렇게 버림받은 옥봉은 동대문 밖 뚝섬 인근 초막에서 날마다 남편에게 보내는 시를 짓다가 비운의 생을 마감했다고 한다. 그녀의 시는 가슴을 아리게 한다.

꿈속의 혼이 다녀간 흔적을 남길 수 있다면
당신 문 앞 돌길이 반은 모래가 되었을 겁니다

　　이런 시구면 죽은 송장도 돌아누울 만한데, 조원이라는 분도
참 엔간했구나 싶다. 하긴 어쩌면 조원에게도 남모를 사정이 있었
는지도 모른다. 조선 후기에 신위(申緯)라는 선비가 항간에 떠돌던
가사를 채집해 한시로 엮은 〈봉허언(奉虛言)〉에서 그 사정을 넌지
시 엿볼 수 있다.

　　나를 사랑한다는 그 말 거짓말
　　정말 못 믿을 건 꿈에 본다는 말
　　나처럼 밤새 잠을 못 이루면
　　어느 꿈에 나를 볼 수나 있을까
　　向儂思愛非眞辭　最是難憑夢見之
　　若使如儂眠不得　更成何夢見儂時

　　오래전 일이다. 후배 하나가 우거지상을 하고 끙끙거렸다. 까닭
을 물어본 즉 사랑의 열병이었다. 자기는 그 여자가 너무 좋은데,
그 여자는 자기를 통 신통치 않게 여긴다는 것이었다. 해서 이 두
구절을 알려주었다. 후배는 이를 제법 멋들어지게 활용하여 절절

한 연애편지를 썼고, 이후 그 여인과 결혼까지 하게 되었다. 지금도 여전히 행복한지… 궁금하다.

사랑, 그땐 왜 그리도 아름답고, 찬란하고, 애틋하게만 보였는지. 지금 돌아보니, 갈애(渴愛)였다. 이글거리는 태양빛에 아른거리는 아지랑이, 그 아지랑이가 목마른 사슴의 눈엔 시원한 물이 가득한 아름다운 호수로 보였던 것이다. 그래서 죽자 살자 내달렸던 것이다. 사랑은 그런 것이었다.

불전에서 번뇌(煩惱)를 흔히 '진(塵)' 즉 먼지에 비유한다. 사슴[鹿]이 메마른 대지[土]를 전속력으로 달릴 때 일어나는 것이 먼지[塵]이다. 번뇌란 그런 것이다. 어리석은 사슴과 같은 이 마음은 '좋다' 싶은 빛깔을 보았다 하면 냅다 달리고, '좋다' 싶은 소리를 들었다 하면 냅다 달리고, 그렇게 향기와 맛과 감촉을 좇아서 죽자 살자 달린다.

그렇게 내달려 그리도 원하던 것을 얻었다면야 무엇을 탓하겠는가! 괜한 소란에다 자신이 피운 먼지까지 흠뻑 뒤집어쓰고, 기진맥진한 채로 물 한 방울 찾을 수 없는 사막에서 쓸쓸히 생을 마감하는 것, 그것이 어리석은 사슴의 운명이다. 이옥봉의 애틋한 사랑도 그랬다.

그녀가 쓴 시 한 수를 더 읽어보자.

평생 이별의 한이 이 몸에 병이 되어

술로도 못 고치고 약으로도 못 고치네

이불 속에 흘린 눈물 얼음장 아래 강물 같아

밤낮으로 길이 흘러도 아무도 알지를 못하네

平生離恨成身病　酒不能療藥不治

衾裏泣如氷下水　日夜長流人不知

　사랑, 눈물과 회한만 남기는 그런 사랑이라면 찬란한 것도 아름다운 것도 고귀한 것도 아니다. 사슴이 아지랑이 물결이 아니라 정말로 시원한 호수를 만났다면, 그 맑은 물로 배까지 든든히 채웠다면 어떨까? "그동안 고마웠어요" 하며 미련 없이 호수를 떠날 것이다. 그렇게 돌아서는 사슴의 발굽에선 더 이상 먼지가 일지 않고, 여유로움이 묻어날 것이다.

　이옥봉이 조원을 이별하면서 "그동안 고마웠어요"라고 말할 수 있었다면, 그런 사랑을 했다면 얼마나 좋을까? 눈물과 회한만 남긴 이별을 했다면 다시 만난다 해도 그다지 달가울 것이 없다. 만남의 기쁨이 새로운 눈물의 씨앗이 될 테니 말이다.

멋들어진
한 판

장석은 바람이 씽씽 일도록 도끼를 휘두르면서
그의 부탁대로 콧등에 발린 진흙을 깎아주었다
그렇게 진흙을 깨끗이 깎아내었지만 코가 다치지 않았고
영 땅에 사는 사람도 태연히 서서 얼굴을 찡그리지 않았다

匠石運斤成風
聽而斲之
盡堊而鼻不傷
郢人立不失容

—《장자(莊子)》〈서무귀(徐無鬼)〉에서

몽유록

《장자》를 읽어보면 혜시(惠施)라는 인물이 등장한다. 장자가 하는 말에 그럴듯하게 반론을 한다. 장자는 이 말을 받아서 대꾸한다. 두 사람이 대화를 주고받는 것을 가만히 음미해 보노라면 입심 좋은 두 사람이 토크쇼에서 주거니 받거니 하면서 전체적인 대화를 풍부하게 해주는 것처럼 독자의 생각을 고양시켜주기도 하고 증폭시켜주기도 하고 때로는 저렇게 격렬해도 되나 하는 아슬아슬함을 안겨주기도 한다.

서두에 장자와 혜시를 거론한 까닭은 요즘 월드컵이 한창이기 때문이다. 축구는 발로 또 온몸으로 대화를 주고받는 토크쇼이다. 토크쇼의 무대가 제법 넓고, 잔디도 깔려있고, 심판도 있고, 빙 둘러싸서 응원을 핑계로 고래고래 소리 지르는 인물들도 많다. 위성중계 덕택에 이제는 지구촌 어디에서나 마음만 먹으면 월드컵 경기를 실시간으로 볼 수 있다. 지나간 경기도 언제든지 살려내서 볼 수 있는 기계도 많다.

이번 월드컵은 우리나라 시간으로는 새벽에 열리는 통에 광적인 축구팬들은 건강이 상하지 않도록 조심해야 할 텐데, 그게 어디 마음먹은 대로 되는 것인가?

월드컵 경기를 시청하다 보면 상대 공격의 리듬을 절묘하게 끊어내는 태클 동작이 있다. 공격수가 혼신의 힘을 다해서 몰고 가는 공을 파내는 기술인데 공격수가 다치지 않게 공만 톡 따내면 문제가 아닌데 거의 대부분 공격수를 쓰러뜨리는 것이 큰 문제이다. 중계방송을 하는 아나운서와 해설자들은 입을 모아 이구동성으로 "동업자 정신을 살려서 상대에게 부상을 입히지 않아야 합니다" 하고 틈만 나면 외치지만 거친 호흡이 몰아치는 경기장에서는 심각한 부상으로 교체되는 선수도 있고 부상을 입히는 바람에 퇴장을 당하는 선수도 있다. 축구 경기라는 전체 그림에서 바라보면 참으로 안타까운 일이다.

《장자》〈서무귀(徐無鬼)〉 편을 보면 영(郢) 땅에 사는 한 사람이 자신의 코끝에 파리 날개처럼 진흙을 얇게 발라 놓고 장석(匠石)이라는 사람에게 도끼로 깎아내게 하는 대목이 있다.

> 장자가 장례식에 가다가 혜자(惠子)의 묘 앞을 지나게 되자 따라오는 사람을 돌아보면서 말했다.
> "영 땅에 사는 어떤 사람이 자기 코끝에 진흙을 파리 날개처럼 얇게 발라놓고 장석에게 깎아내도록 하였다. 그러자 장석이 바람 소리가 씽씽 나도록 도끼를 휘두르면서 그의 부탁을 허락하고 진흙을 깎아주었다. 그렇게 장석이 진흙을 깨끗이 깎아내었지만 코가 다치지 않았고, 영 땅에 사는 사람도 태연히 서서 얼굴을 찡그리지 않았다. 송(宋)나라의 원군(元君)이 이 이야기를 듣고 장석을 불러 자기에게도 그 솜씨를 보여 달라고 청하자,

장석이 말했다.

'제가 예전에는 그렇게 할 수 있었습니다. 하지만 제가 솜씨를 부릴 수 있도록 바탕이 되어주었던 영 땅 사람이 죽은 지 이미 오래입니다.'

저 혜자가 죽고부터 나는 바탕으로 삼을 사람이 없게 되었고, 나는 더불어 이야기할 사람이 없게 되었다."

월드컵 태클 이야기를 하다가 갑자기 《장자》 〈서무귀〉 편의 도끼 이야기를 꺼낸 것은 장석이 도끼를 바람이 씽씽 일도록 휘둘러서 코끝의 진흙만 깨끗하게 깎아내고 코는 다치지 않게 한 것처럼 상대선수에게 부상을 입히지 않고 멋진 태클을 해주었으면 하는 마음에서이다.

세 살 때 가마솥 모서리에 부딪히는 부상을 입는 바람에 50여 년을 죽기 살기로 고생고생 하다가 이제 많이 극복한 내 통증체험학습의 기억세포가 축구 경기를 보면서 서로서로 부상을 입히지도 말고 부상을 입지도 말아야 할 텐데 하는 걱정을 잔뜩 하고 있는 것이다. 천재적인 축구실력을 한창 보여주다가 부상 때문에 축구라는 무대에서 쓸쓸하게 걸어 나간 선수들을 우리는 수없이 보아왔다. 실제로 이번 우리나라 월드컵 대표팀 선발 과정에서도 마지막에 한 선수는 부상이 회복되지 않는 바람에 다음 대회를 기약해야 하는 일도 있었다.

　중학교나 고등학교 때 지금 저 대표선수들보다 더 축구 재주도 뛰어났던 선수가 그만 부상이라는 덫에 걸려서 축구를 그만두고 어느 포장마차에서 친구들과 술잔을 기울이며 월드컵을 보면서 "내가 잘 나갈 때는 저 선수가 후보였다"며 친구들에게 자랑 반 자탄 반 하는 경우도 아마 틀림없이 있을 것이다.

　한 생각 돌이켜보면 우리네 한 사람 한 사람의 삶이 실시간 경기로 펼쳐지고 있는 월드컵이다. 원고마감 시간이 임박해서야 글이 써지는 필자의 글쓰기 습관도 가만히 생각해보면 정규경기 시간이 지나고 얼마간 주어지는 추가경기 시간에 골을 넣어보려고 애쓰는 꼴이다.

　축구 경기가 되었든 실전 인생 경기가 되었든 경쟁 상대라는 이름으로 등장하는 경기의 파트너에 대한 그야말로 대승적인 배려가 필요하다. 대승적인 배려라고 해서 일부러 경기를 져주거나 하자는 것은 아니다. 탁구를 쳐본 사람은 잘 알겠지만 전력으로 온몸을 휘둘러서 스매싱을 주고받아야 신도 나고 운동도 제대로 되는 것이다. 탁구 초보시절, 조금 잘 치는 상대방이 살살 봐주면서 이쪽 코트로 공을 넘겨주면 비록 실력은 없지만 신경질이 나지 않았던가? 살살 넘겨주는 사람도 흥이 안 나고 받는 사람도 흥이 나지 않는다. 탁구채로 혼신의 힘을 다해 공을 후려치면서 스매싱을 주고받는 랠리가 펼쳐질 때 경기하는 선수도 심판과 관중과 TV 시청자들까지도 손에 땀을 쥐고 몰입할 수 있다. 월드컵도 마찬가지다.

하지만 태클하는 축구화의 스터드 끝이 공을 향해야지 상대 선수의 정강이나 발목이나 무릎이나 어느 신체 부위를 향해서는 안 된다. 월드컵 전체가 한 송이의 살아 움직이는 꽃송이라면 그 꽃에서 꽃잎을 억지로 뜯어내서 꽃을 상하게 하면 안 될 일이다.

엄마가 아들에게 "너 그러려면 학교 다니지 마!" 하고 악에 받쳐 소리치는 경우가 있다. 그러나 얼마 후 언제 그랬느냐는 듯이 식탁에서 웃음꽃을 피운다. 어떻게 그럴 수 있을까? 그 엄마와 아들 사이에 떼려야 뗄 수 없는 신뢰가 있기 때문이다. 그래서 아빠는 한바탕 소란이 벌어져도 느긋하게 바라본다. "저러다가 또 서로 손잡고 맛있는 것 먹으러 갈 텐데 뭐~" 하면서 말이다.

우리네 소소한 일상은 물론이고 정치와 경제도 한 판의 경기이다. 이 편 저 편 나뉘어 서로 피 튀기는 경쟁을 펼치지만 가만히 살펴보면 서로가 서로에게 없어서는 안 될 필수적인 존재이다. 이 사실을 망각하지 말고 삶이라는 경기장에서 멋들어지게 한 판 벌여보자. 서로에게 깊은 상처는 남기지 말고….

기술 너머의
도를 터득해야

제가 좋아하는 것은 도입니다
그 도가 기술로 펼쳐진 것뿐입니다

臣之所好者道也
進乎技矣

—《장자(莊子)》〈양생주(養生主)〉에서

몽유록

《장자》〈양생주(養生主)〉 편을 읽노라면 포정(庖丁)이 소를 해부하는 몸짓이 그야말로 한 편의 영화처럼 떠오른다. 이 영화의 사실상 주인공은 소도 아니고, 소를 잡는 포정도 아니고, 살결과 근육의 결과 뼈와 뼈의 틈새를 자유롭게 휘젓고 다니는 포정의 칼이다.

포정이 임금인 문혜군(文惠君)을 위해서 소를 잡는다. 그런데 그 솜씨가 우주의 리듬에 척척 들어맞는다. 문혜군이 포정의 소 잡는 솜씨를 크게 칭찬한다. 장자의 원문을 함께 읽어보자.

훌륭하도다! 기술이 이런 경지에 이르다니.
포정이 칼을 내려놓고 대답하였다.
"제가 좋아하는 것은 도입니다.
그 도가 기술로 펼쳐진 것뿐입니다."
善哉 技蓋至此乎 庖丁釋刀對曰 臣之所好者道也 進乎技矣

임금은 포정의 솜씨가 무슨 기술을 연마해서 소를 잡는 것인 줄 알고 소 잡는 기술을 칭찬했다. 기술 이전의 심오하고 웅숭한 도(道)와 혼(魂)의 세계를 한눈에 척 알아보는 사람이 드문 건 예나 이제나 비슷하다.

인문학자에게 "논문 참 잘 쓰십니다" 하고 말하는 것은 칭찬이 아니라 모독이다. 논문으로 표현되기 이전의 혼줄, 글로 도저히 표현하지 못한 인문학자의 가슴 속 보이지 않는 정신을 칭찬해도 될까 말까 한데, 기껏 껍데기도 못되는 글솜씨를 칭찬하다니… 그것은 저 문혜군과 다를 바가 없다고 해야 할 것이다. 문제는 "논문 잘 쓰십니다" 하는 칭찬 한마디에 그만 우쭐해지거나 입이 귀에 가서 걸리는 인문학자가 어쩌다 더러 있기도 하다는 사실이다.

메시의 드리블은 단순한 기술이 아니다. 만약 훈련을 통해서 터득할 수 있는 기술이라면 지구촌에 메시 같은 선수가 넘쳐날 것이다. 메시가 빈 공간을 뚫고 들어가 슈팅을 날리는 솜씨를 보노라면 장자에서 포정이 뼈와 뼈 사이의 빈틈을 따라 칼날을 놀리는 것이 오버랩 되어 떠오른다.

박지성 선수의 체력을 두고 두 개의 심장을 가진 사나이, 산소통이라며 좋은 말을 해준다. 무릎 부상으로 은퇴한다니, 참으로 안타까운 일이다. 나는 두 개의 심장과 산소통 이전의 더 깊은 박지성 선수의 '축구혼'을 칭찬하고 싶다. 달리기는 세계적인 달리기 선수가 박지성 선수보다 훨씬 더 잘 달린다. 축구선수인 박지성 선수에게 달리기 선수에게나 하는 칭찬을 하며 요란을 떠는 것은 문혜군이 길고 깊지 못한 생각으로 던진 말과 다르지 않다.

기술 좋다는 칭찬을 받은 포정은 "내가 좋아하는 것은 도이지 기술이 아니다"고 대답한다. 도가 자연스럽게 테크닉으로 펼쳐지는 것과 연마를 통해서 얻어지는 기술은 결코 같지 않다.

우리 시대의 인문학자들도 웅숭깊은 인문학의 혼불을 찾기 위해 노력해야 될 것이다. 소설가와 수필가의 문장을 읽으면서 우리가 감탄하게 되는 것은 단순히 그 글 솜씨에 취해서가 아니라 그 작가의 마음이 내 가슴에 맞닿아서 뜨거운 피가 느껴지기 때문 아닐까?

포정이 문혜군에게 이어서 말한다.

처음에 제가 소를 잡기 시작했을 때는
보이는 것마다 소 아닌 것이 없었습니다.
그렇게 3년이 지나자 온전한 소가 보이질 않았습니다.
이제 저는 정신으로 소를 만나지
더 이상 눈으로 소를 보지 않습니다.
始臣之解牛時 所見無非牛者也 三年之後 未嘗見全牛也
方今之時 臣以神遇 而不以目視

이제 포정은 눈을 감고도 앞에 있는 소를 마음으로 해부하는 것이 가능해진 것이다. 마음으로 해부한 길을 따라 칼날을 놀리는 것뿐이다. 서툰 솜씨를 지닌 백정은 근육과 인대를 억지로 끊어내고 뼈다귀를 내려치는 바람에 소 잡는 칼을 한 달에 한 번 교체하거나 1년에 한 번은 교체해주어야 하지만 포정의 칼날은

19년을 썼는데도 막 숫돌에서 갈아낸 칼처럼 날이 싱싱하다. 까닭이 무엇일까?

> 저 뼈 틈 사이의 관절은 빈 공간이 있지만
> 칼날에는 두께가 없습니다.
> 두께가 없는 것을 빈 공간에 집어넣으니
> 넓고도 넓어서 칼날을 놀림에 반드시 여지가 있는 것입니다.
> 彼節者有間 而刀刃者無厚 以無厚入有間 恢恢乎 其於遊刃 必有餘地矣

우리 몸속도 마찬가지다. 지그시 눈을 감고 내 몸의 뼈마디를 따라가다 보면, 관절이 정상상태보다 딱딱하게 굳어 혈액순환을 방해하고 보통 '기(氣)'라고 부르는 에너지의 흐름을 막고 있는 부분이 느껴지기도 하고 보이기도 한다. 호흡을 지긋이 조절하면서 그 부분에 따뜻한 마음을 보내면 딱딱하게 굳었던 그 덩어리가 풀리는 것을 체험할 수 있다.

장기도 마찬가지다. 알코올만 들이부을 것이 아니라 자신의 간에게 "알코올 분해하느라고 참 얼마나 노고가 많으십니까? 오늘도 불가피하게 제가 한잔 합니다" 하는 마음을 보내면 간의 상태가 술 안 먹은 것보다 더 좋아질 수도 있다.

위장의 벽과 소장의 안쪽 벽과 대장의 굽어진 벽은 또 얼마나 알코올과 온갖 음식 때문에 고생을 하고 있는가? "고생이 많으신데 담배 연기 들여보내서 미안합니다" 하고 생각을 일으키면 소장 벽과 대장의 벽이 "뭘요, 얼마든지 들여보내셔요" 하면서 씩씩해진다.

출판사에 오래 근무한 사람들은 초보자들이 안경을 두 개 쓰고 안간힘을 다해서 찾아도 찾아내지 못하는 오자나 탈자를 쓱쓱 종이를 넘기면서 바로바로 찾아낸다. 기술의 경지가 이미 아니다. "교정 잘 보십니다" 하는 말은 이분들에게는 결례일 수도 있다. 출판세계에도 기술을 넘어선 도의 세계가 있는 것이다.

언젠가 시를 쓰는 분을 만난 적이 있다. 시집도 여러 권 냈고 대학에서 교편을 잡고 있는 분이다. 무슨 말 끝에 필자가 질문했다.

"교수님! 누가 교수님에게 '시 쓰는 기술이 참 좋으십니다' 하고 말하면 무슨 생각이 드시겠습니까?"

"아, 예…. 그것 참… 그렇군요."

우리의 한 호흡이 칼날이고 한 생각이 칼날이다. 호흡이 가슴이나 어디에 걸려서 옆구리가 턱 막히는 것은 '호흡의 칼날이 무뎌져 있으니 호흡의 칼날을 잘 갈아보세요.' 하고 몸이 알려주는 신호이다. 생각이 막히는 것도 마찬가지이다. 마음이 무뎌지지 않게 호흡의 칼끝을 부드러우면서도 예리하게 잘 가다듬고 살필 일이다.

우물 속
개구리

속담에
"백 가지 도에 대한 가르침을 듣고는
세상에 나만 한 이가 없다고 여기는 사람이 있다"고 하더니,
바로 저를 두고 하는 말이었군요.

野語有之曰 聞道百以爲莫己若者 我之謂也

—《장자(莊子)》〈추수(秋水)〉에서

몽유록

고전(古典)은 읽는 이로 하여금 사유의 폭이 저절로 넓어지게 하고 깊이도 깊어지고 높이 날아오르게 해준다. 대책 없이 뜨는 것이 아니라 침잠의 세계도 아울러 함께 알려준다.

《장자》〈추수(秋水)〉편을 읽어본다. 추수(秋水)는 여름날 중국 전역에 내린 장맛비가 온갖 개천을 따라 흐르다 가을철이 되어서야 황하로 접어들어 도도히 넘쳐흐르는 강물이다.

가을 물이 때맞추어 흘러드니
온갖 개천의 물들이 황하로 흘러든다
그 물줄기가 엄청나게 장대하여
양쪽 강가에서 반대편 강가에 있는 것이
소인지 말인지를 분별할 수 없다
이에 황하의 물귀신인 하백이 흔쾌하게 여겨
자기 스스로 기뻐하면서
천하의 아름다움이 다 내게 있다고 여겼다
秋水時至 百川灌河 涇流之大 兩涘渚崖之間 不辯牛馬
於是焉 河伯欣然自喜 以天下之美爲盡在己

하백(河伯)은 황하의 물귀신이고, 뒤에 나오는 북해약(北海若)은 바다의 물귀신이다. 〈추수〉편은 이 두 물귀신이 극적으로 만나서 대화를 나누는 형식으로 시작을 한다. 이쪽 강가에서 저쪽 강가를 바라보면 그곳에서 동물이 움직이긴 움직이는데 소인지 말인지 잘 분간이 되지 않는다. 어지간히 넓은 강폭이다. 강의 물귀신이 자부심에 넘칠 만하다.

> 물결을 따라 동쪽으로 흘러가다가 북해 바다에 이르러
> 동쪽을 바라보니 수평선의 끝이 보이지 않았다
> 이에 하백이 비로소 얼굴을 돌려
> 바다를 바라보면서 북해약에게 탄식하며 말했다
> 順流而東行 至於北海 東面而視 不見水端
> 於是焉 河伯始旋其面目 望洋向若而歎曰

거센 물결을 따라 자부심에 넘쳐 흘러갈 때는 기분이 어지간히 좋았을 것이다. "세상에 이보다 큰 물줄기가 어디 있으랴!" 하는 자만심에 가까운 물놀이를 즐기다가 우리나라의 서해에 이르게 된다. 중국에서 보면 동쪽이다. 그만 끝도 없이 펼쳐진 바닷물에 황하의 물귀신이 넋을 잃게 된다. '망양지탄(望洋之歎)'이 여기서 나온 말이다.

소동파는 〈전적벽부〉에서 조조의 대군이 적벽으로 쳐들어갈 때의 모습을 이 장면에 등장시키고 순류이동(順流而東)이라는 말

을 빌려 의기양양하게 밀고 들어가는 모습을 표현하기도 했다. 황하의 물귀신이 꼬리를 살짝 내리고 바다의 물귀신에게 말한다.

"속담에 '백 가지 도에 대한 가르침을 듣고는 세상에 나만 한 이가 없다고 여기는 사람이 있다'고 하였는데, 저를 두고 한 말이군요.
그대의 문에 이르지 않았더라면 위태롭게 되었을 것이니, 제가 길이길이 대방가들에게 웃음거리가 될 뻔 했습니다."
野語有之曰 聞道百以爲莫己若者 我之謂也

吾非至於子之門則殆矣

분야를 막론하고 각각의 전문 분야는 그 깊이와 높이와 넓이를 헤아릴 수 없다. 〈추수〉 편을 소개하는 글을 쓰고 있는 지금 '모든 고전을 다시금 생각을 가다듬고 심도 있게 읽고 또 읽어야 겠구나' 하는 생각을 하고 있다. 황하의 물귀신처럼 자만에 빠지지 않는다 해도 고전의 깊은 바다 속은 더더욱 헤아리기 어렵기 때문이다. 눈에 보이지 않는 고수들이 즐비하게 있음을 알아야 고수가 된다고 들었다. 바다의 물귀신이 황하의 물귀신에게 담담하게 말한다.

우물 안의 개구리에게 바다 이야기를 해줄 수 없는 까닭은

그 개구리가 공간에 갇혀 있기 때문이고

여름 벌레에게 얼음 이야기를 해줄 수 없는 까닭은

그 벌레가 시간에 갇혀 있기 때문이고

편협한 선비[一曲之士]에게 도를 이야기 해줄 수 없는 까닭은

그 사람이 가르침에 묶여있기 때문이오

井蛙不可以語於海者 拘於虛也

夏蟲不可以語於氷者 篤於時也

曲士不可以語於道者 束於敎也

등골에 오싹 소름이 돋아 오르는 구절이다. 시간과 공간과 자신의 생각 속에 갇혀있는 줄도 모르고 갇혀있는 나 자신의 모습을 거울처럼 비춰주기 때문이다. 전에 이 글을 읽을 때는 재미있는 글로만 읽었었는데 지금 새삼 읽어보니 내 이야기를 하고 있는 것 같아서 뜨끔뜨끔하다.

이제 그대가 물가에서 벗어나 대해를 보고

그대의 추함을 알았으니

이제 그대와 더불어 큰 이치에 대해

이야기를 해볼 수 있겠소이다

몽유록

今爾出於崖涘 觀於大海 乃知爾醜 爾將可與語大理矣

황하의 물귀신이 후유~ 하고 긴 숨을 내쉰다. 그러나 〈추수〉
편의 이야기는 이쯤에서 마무리 되지 않는다. 〈인터스텔라〉라는
외국 영화가 인기를 끌었다. 우주 허공의 이야기다. 바다의 물귀
신인 북해약은 황하의 물귀신인 하백에게 바다도 사실은 큰 것이
아니라며 우주 허공의 스케일 큰 이야기를 들려준다.

　사해 바다가 하늘과 땅 사이에 있는 것을 생각해보면
　소라 구멍이 큰 바다에 조그맣게 떠있는 것과
　비슷하지 않겠소?
　計四海之在天地之間也 不似礨空之在大澤乎

소라 구멍 속에 우주 허공을 몽땅 담아 넣고 넓은 바다를 접시
물로 삼아서 설거지를 하는 것은 우리가 할 일이다.

수성에서 물 길어다
토성에 배추 심기

대취한 김에 벌떡 일어나
덩실덩실 춤을 추는데
아, 짜증나게 소맷자락이
자꾸 곤륜산에 걸리는구먼

大醉遽然仍起舞
却嫌長袖掛崑崙

— 진묵대사(震默大師) 시에서

하늘을 이불, 땅은 요, 산자락은 베개요

달은 촛불, 구름은 병풍, 바닷물은 술통이라

대취한 김에 벌떡 일어나 덩실덩실 춤을 추는데

아, 짜증나게 소맷자락이 자꾸 곤륜산에 걸리는구먼

天衾地席山爲枕 月燭雲屛海作樽

大醉遽然仍起舞 却嫌長袖掛崑崙

조선 중기 호남을 무대로 활약했던 진묵대사(震默大師)의 시다. 나와 너, 나의 것과 너의 것을 나누어 촘촘히 선을 긋고 살아가는 사람들에겐 이 시가 과장이나 허풍, 소위 뻥치는 소리로 들릴 것이다. 하지만 아니다. 이 시는 온 천지를 내 집으로 삼고, 만 생명을 동포(同胞)로 삼았던 진묵대사의 국량(局量)을 가감 없이 보여주는 시다.

일곱 살 어린 나이에 완산의 봉서사(鳳棲寺)로 출가한 스님은 일찌감치 저잣거리를 절로 삼았다. 그에게 절이란 '승려들이 사는 곳'이 아니라 '많은 사람들이 부처님의 가르침을 배우고 실천하는 곳'이었기 때문이었다. 그래서 그는 사람들이 모이는 곳이면 마을의 정자든 길바닥이든 마다하지 않고 털퍼덕 주저앉아 법을 설하고, 함께 울고 웃으면서 서민들의 아리고 쓰라린 상처를 정성스레 다독였다. 서로 어우러질 수만 있다면 한바탕 춤사위도 그에겐 선교방편(善巧方便)이요, 서로 가슴을 열 수만 있다면 한 잔 술도 그에겐 선교방편이었다. 게다가 그는 신통도 곧잘 부렸다.

용화산 일출암(日出庵)에서 지낼 때였다. 홀로된 어머니를 그 아랫마을에 모시고 살았는데, 어느 날 모기 때문에 어머니가 밤잠을 설치신다는 소식을 들었다. 스님은 그 길로 산신(山神)을 불러다 마을에서 모기를 쫓는 잡일을 시켰다고 한다.

또 한 번은 바랑을 지고 이 골목 저 골목 어슬렁거릴 때였다. 아마 여름이었나 보다. 천렵을 한 동네 젊은이들이 큰 가마솥에 불을 지피고 보글보글 어탕을 끓이고 있었다. 개중 한 사람이 골탕 먹일 요량으로 스님을 불러 세웠다.

"어이, 대사. 오뉴월 땡볕에 돌아다니자면 오죽 배가 고프겠소. 이 어탕이라도 한 그릇 하시지요?"

젊은이들의 맹랑한 짓에도 스님은 호탕하게 웃었다.

"고맙소. 정 그러시다면 맛이나 볼까?"

성큼 다가선 그는 펄펄 끓는 가마솥을 두 손으로 잡고 단숨에 몽땅 들이켰다. 휘둥그레진 사람들의 눈길은 다음으로 이어졌다. 스님이 도랑 위쪽으로 올라가더니 엉덩이를 훌러덩 까고 시내에 변을 보는 게 아닌가! 게다가 누런 똥이 아니라 산 물고기가 펄떡펄떡 헤엄쳐 내려오는 것이었다. 놀란 동네 청년들은 스님에게 용서를 빌고 가르침을 따랐다고 전한다.

전해지는 이적(異蹟)이 모두 사실이었는지는 알 길이 없지만, 많은 이들이 그를 석가모니의 화신(化身)으로 추앙하면서 대대로 이야기를 전한 것을 보면, 민중들이 엔간히도 그를 사랑했던 것만큼은 분명하다.

인천에 사는 초등학교 5학년 여학생과 재미난 대화를 나눈 적이 있다. 아이의 엄마가 딸이 우울 증세를 보인다며 걱정해 가지게 된 만남이었다. 엄마의 말대로 아이의 표정은 어두웠다. 내가 대뜸 아이에게 물었다.

"학생은 지구를 벗어나 가고 싶은 별이 있어요?"

곁에서 뜨악! 하는 엄마의 표정과 달리, 조금 전까지 우울하다던 아이의 눈동자가 반짝거렸다.

"토성이요."

"왜 토성에 가고 싶어요?"

"흙 토(土) 자니까, 거기다 무랑 배추랑 고구마 심으면 되잖아요."

내가 웃으며 장단을 맞추었다.

"그럼, 수성(水星)에서 물 길어다 토성(土星)에 고구마를 심고, 화성(火星)에서 구워먹으면 되겠네."

아이의 얼굴이 활짝 펴지면서 큰 소리로 대답이 돌아왔다.

"네에~"

토성에 가고 싶다는 아이의 바람을 마냥 허황된 소리로 여겨야 할까? 어쩌면, 아이가 꼭 하고 싶은 이야기는 따로 있을지도 모른다. 부모가 꼬박꼬박 다녀야 한다고 그리 다그치는 지구 한 모퉁이의 학교가 아이에겐 영 재미가 없고, 빠지지 말아야 한다고 그리 애원하는 학원이 아이에겐 통 신통치 않은 것이다. 재미도 없는 것을 강요하면서 거기다 "우울해하지 말라!"며 위로 아닌 협박까지 하는 꼴이니, 고사를 백 번 지내고 한 번 더 지낸다 해도 아이는 끝내 우울함을 피할 수 없을 것이다.

누군가를 위로하려면, 정말이지 누군가에게 꼭 도움이 되고 싶다면, 그를 나의 틀로 끌어들여 가둘 것이 아니라 먼저 나의 틀을 부수고 그에게 다가가야 한다. 그가 과연 나로 인해 생기를 되찾게 될지 말지는 그 다음 이야기다. 자신을 허물어버릴 용기도 없는 사람이 과연 타인의 삶을 변화시킬 수 있을까? "나는 당신을 돕고 싶어 이러는 겁니다" 하며 아무리 떠들어봐야, 공염불이다.

《삼국유사(三國遺事)》에 나오는 오어사(吾魚寺) 전설이 생각난다. 혜공(惠空) 스님은 똑같이 물고기를 잡아먹고도 벌떡벌떡 살아 숨쉬는 물고기를 배설했다고 한다. 그리고 냄새나는 누런 똥을 배설하는 원효(元曉) 스님을 손가락질하며 조롱했다고 한다.

나는 어떤가? 행여 남들에게 구린내만 풍기지 않았을까? 돌아볼 일이다.

봄 같지 않은 봄도
봄이다

눈이 다 녹아 남쪽 시냇물 불어났으니
풀싹들도 조만간 돋아나겠지

雪盡南溪漲
草芽多小生

— 정몽주(鄭夢周) 〈봄[春]〉에서

오랑캐 땅에는 화초가 없으니

봄이 왔건만 봄 같지가 않아라

저절로 허리띠가 느슨해지는 것은

허리 때문이 아니라네

胡地無花草 春來不似春

自然衣帶緩 非是爲腰身

　　동방규(東方虯)가 오랑캐 땅에 강제로 끌려간 왕소군(王昭君) 심정을 노래한 시다. 왕소군은 서시(西施), 초선(貂嬋), 양귀비(楊貴妃)와 더불어 중국 역사에서 4대 미인으로 알려진 여인이다.

　　허허벌판 오랑캐 땅에는 시기적으로 봄이 되어도 사방에 화초가 없다. 사막의 먼지바람이 앞길을 가로막으니, 봄이 와도 봄 같지 않을 수밖에 없다. 입고 있는 옷의 허리대가 느슨해지는 것은 허리 자체에 디스크 증세가 있어서가 아니고 맥이 풀려서이다.

　　한고조 유방(劉邦)이 32만의 병사를 이끌고 흉노족 토벌에 나섰다가 흉노족의 게릴라 전법을 이겨내지 못하고 화평조약을 맺는다. 한나라 공주를 흉노족의 왕에게 시집보내는 조건이었다. 이렇게 강제로 시집가는 공주를 화번공주(和藩公主)라고 불렀다. 유방은 후궁 중에서 화번공주를 고르거나 신하의 딸을 양녀로 만들어 공주로 신분을 바꾼 뒤에 시집보내곤 하였다.

잘 알려진 이야기지만, 왕소군은 후궁 중의 한 사람이다. 한 나라 원제 때의 일이다. 후궁이 수천 명이나 되기 때문에 왕은 후궁의 얼굴을 일일이 알지 못하였다. 요즘처럼 카메라가 발달하고 사진첩이 있던 시대도 아니었다. 요즘처럼 사진첩을 통해 왕이 후궁의 얼굴을 확인할 수 있었다면 왕소군의 운명은 120퍼센트 달라졌을 것이다.

카메라 대신에 화공이 후궁의 얼굴을 그려서 왕에게 올리면 왕이 그림을 보고 미인이다 싶은 후궁을 불러서 만찬을 함께했다. 후궁이 왕에게 부름을 받는 것이 화공의 손에 달려있었던 것이다. 예나 이제나 눈치 빠른 후궁은 갖은 수단을 써서 화공의 계좌번호를 알아내어 후속 조치를 취한다. 그렇게 되면 실물보다 훨씬 예쁘게 그려준다. 일단 왕의 부름을 받을 확률이 급상승하는 것이다. 포토샵 뺨치는 기술을 화공이 구사했던 것이다.

왕소군은 자존심이 남달랐던지라 화공의 계좌번호를 물어보거나 화공의 부인에게 명품 핸드백을 선물하는 일을 하지 않았다. 화공은 이런 사람에게는 실물보다 훨씬 덜 빛나게 하는 권리 아닌 권리를 가지고 있었다. 그래서 한쪽 눈을 살짝 찌그러지게 그린다든지 얼굴에 점을 몇 개 찍는다든지 하는 바람에 왕의 눈길을 끌지 못했다.

그러던 차에 화번공주를 보낼 일이 생겼다. 왕은 그동안 화공이 그린 초상화 중에서 가장 못생긴 사람을 골라 흉노족의 왕에 게 시집보내기로 하고 못생긴 그림의 주인공을 불렀다. 그런데 이 게 웬일인가? 천하의 절색이 눈앞에 서있는 것이 아닌가. 그러나 흉노왕과 이미 결정한 상황이어서 바꿀 수도 없었다. 왕은 애석했 지만 어쩔 수 없이 흉노왕과 함께 왕소군을 떠나보냈다. 그리고는 추하게 그려서 올린 화공 모연수를 처형해버렸다. 졸지에 아까운 예술가 한 사람이 그만 운명을 다한 것이다.

세월이 흐른 뒤 이태백이 또 다음과 같은 시를 지어 왕소군의 심정을 표현하였다.

> 왕소군이 옥안장을 끌어 붙잡고
> 말에 오르는데 붉은 뺨에 눈물이 주르륵
> 오늘은 한나라 궁궐의 사람이지만
> 내일 아침엔 오랑캐 땅의 첩이구나
> 昭君拂玉鞍　上馬涕紅頰
> 今日漢宮人　明朝胡地妾

왕소군이 흉노왕과 함께 떠나는 장면이 동영상으로 촬영되어 후대까지 전해지는 것도 아닌데 시인들은 마치 그 광경을 직접 목 격하기라도 한 것처럼 잘도 묘사한다. 말 타기도 말 타기 나름이다. 왕소군의 말 타기는 눈물 콧물이 앞을 가리는 말 타기다. 붉은 뺨을 타고 눈물이 흘러내린다. 그렁그렁 맺혔다가 주르륵 흘러내렸을 것이다.

백거이(白居易)는 〈장한가(長恨歌)〉에서 양귀비가 죽어 하늘나라로 간 뒤에 왕이 보낸 사신을 맞이하면서 눈물 흘리는 장면을 다음과 같이 노래했다.

옥 같은 얼굴 쓸쓸하게
눈물이 멈추지 않으니
배꽃 달린 한 가지가
봄비를 머금은 듯
玉容寂寞淚闌干 梨花一枝春帶雨

이제 막 꽃이 핀 배나무 꽃가지에 봄비가 부슬부슬 내린다. 꽃잎을 적시고 가지를 적시고 나뭇가지에 스며들다가 방울방울 빗물이 가지에 매달린다. 조금 있다 방울이 더 커지면 뚝 떨어지겠지만 떨어질락 말락 나뭇가지에 매달려 있는 물방울이 사신을 만나자 왕에 대한 그리움이 울컥 치밀어 오른 양귀비의 눈가에 옮겨가 그렁그렁 매달린다.

시인의 눈에는 떨어지기 직전 찰나의 물방울이 스톱모션으로 잡히는 모양이다. 하얀 배꽃이 피어있는 나뭇가지에 물방울이 맺히고, 비 그친 뒤 떠오른 달빛이라도 물방울에 스며들어 비치면 저절로 '이화(梨花)에 월백(月白)하고~'를 읊조리지 않을 수 없었던 모양이다.

어쩌다 보니 눈물 타령 봄비 타령이 되어버렸다. 마음을 정제시켜주는 것으로 눈물만한 것이 있을까? 기도 정진하다가 한밤중 휘영청 떠오른 달을 보다가 까닭도 하염도 없이 눈물이 주르륵 흘러본 사람은 달빛과 눈물방울이 만나서 심연의 번뇌를 녹여주고 씻어준다는 것을 굳이 말하지 않아도 느낄 수 있으리라. 소쩍새 울음소리가 눈물방울에 스며들기라도 할라치면 보이지 않는 안구 뒤쪽 시신경 몇 가닥이 평온한 삼매에 들기도 한다.

정몽주(鄭夢周)의 봄비에 관한 시를 마저 감상해본다. 세월이 흐를수록 시에서 들리는 빗소리가 점점 더 굵어지는 듯하다.

봄비 가늘어 방울지지 않더니
한밤중에 희미한 소리가 들리네
눈이 다 녹아 남쪽 시냇물 불어났으니
풀싹들도 조만간 돋아나겠지
春雨細不滴 夜中微有聲
雪盡南溪漲 草芽多小生

시인의 눈에는 눈물방울이 스톱모션으로 잡히고, 시인의 귀에는 한밤 빗소리도 스톱모션으로 들리나 보다. 어디 시인뿐이랴. 초롱초롱하게 깨어있는 이들에게는 눈꽃 속에 이미 매화꽃이 보이고, 땅속에서 기지개를 펴고 올라오는 풀싹도 보이는 것이다.

설익은 봄도 봄이다. 콘크리트처럼 굳은 땅에도 여기저기 가리지 않고 새파란 싹들이 뚫고 나오고야 말 것이다.

나는 그들에게
무엇을 해주었던가

위로는 하늘을 원망하지 않으며
아래로는 다른 사람을 탓하지 않는다

上不怨天

下不尤人

—《중용(中庸)》에서

몽유록

혈액을 실어 나르는 혈관 벽에도 모세혈관이 분포되어 있다. 깊은 통증을 느끼는 사람은 대동맥의 혈관 벽에 미세하고 섬세하게 입체적으로 분포되어 있는 모세혈관 속의 혈액방울들이 아야! 아야! 하는 소리를 듣기도 한다. 거기에는 물파스를 바를 수도 없다. 쉴 새 없이 뿜어대는 심장의 펌프질 리듬이 끊임없이 혈관 속의 혈액방울을 통증으로 뒤흔들어 댄다. 그럴 때, 혈관이 펑 뚫려 혈액이 시원하게 흘러주었으면 하는 마음을 누구나 가지게 된다. 그런데 가만히 생각해보면, 내가 혈관에게 바라는 만큼 혈관을 배려하는 일은 그리 많이 하지 못하고 있는 것이 사실이다.

《중용(中庸)》에 나오는 공자님 말씀이다.

군자의 도 네 가지 중에
나는 한 가지도 제대로 하지 못하는 듯하다
자식에게 바라는 것으로
부모님을 섬기는 것을
능하게 하지 못하며
君子之道四 丘未能一焉 所求乎子 以事父 未能也

내가 자식에게 바라는 것을 부모님도 나에게 바란다는 것을 알아 부모님을 잘 섬긴다면 얼마나 좋을까? 하지만 그게 어디 그리 쉬운 일인가? 내가 '부모님이 나에게 이렇게 해주고 저렇게 해주면 얼마나 좋을까?' 하고 바랐듯이, 나의 자식들도 나에게 이런 저런 것을 원하리라는 것을 알아 척척 해주면 또 얼마나 좋을까? 하지만 자식이 이것저것 말하면 '뭐 원하는 게 저렇게 많을까?' 하는 생각이 먼저 들기가 쉽다.

신하에게 바라는 것으로
군주를 섬기는 것을
제대로 능하게 하지 못하며
所求乎臣 以事君 未能也

여기서 군주는 굳이 '임금'일 필요는 없다. 현대 사회생활에서 보면 직장의 상사일 수도 있고 지도교수님일 수도 있다. 직위 상 자기 아래에 있는 사람이 나에게 이렇게 해주었으면 하는 마음 그대로 나보다 직위가 위에 있는 사람에게 내가 먼저 알아서 해주면 좋을 텐데, 그게 또 쉽지 않다. 선생 노릇도 마찬가지다. 가르침을 받던 입장에 있다가 가르치는 입장이 되었을 때, 옛날 가르침을 받을 때 바라던 만큼 배우는 사람들에게 해주기는 결코 쉽지가 않다.

아우에게 바라는 것으로
형을 섬기는 것을
제대로 능하게 하지 못하며
所求乎弟 以事兄 未能也

동생이 내 말을 잘 듣기를 바라는 만큼 나는 형이나 누나 말을 잘 들었을까? 후배에게 바라는 만큼 나는 선배님을 잘 모신 적이 있기는 한가? 친구 문제로 가면 또 어떤가?

친구에게 바라는 것으로
먼저 베풀어주는 것을
제대로 능하게 하지 못한다
所求乎朋友 先施之 未能也

어찌 부모님, 윗사람, 선생님, 선배님, 형, 누나, 친구에게 뿐이겠는가? 나의 몸에 매달려있는 어깨와 무릎과 목과 손목 발목의 경우도 마찬가지다. 몸 깊숙이 들어있는 장기들의 경우에는 더하다. 간이 좀 튼튼했으면 하고 바라는 만큼 내가 알아서 간에게 좋은 일을 하기는 쉽지 않다. 화를 내거나 짜증을 내면 간이 직격탄을 맞아서 이종격투기선수가 턱에 주먹을 정통으로 맞은 것처럼 비틀거린다. 허나 살다보면 자신의 간이 비틀비틀거리게 하는 일을 밥 먹는 일만큼이나 많이 하게 된다.

대책은 무엇인가? "노고가 많으십니다. 수시로 비틀거리게 해서 정말 미안합니다." 자신의 간에게 이렇게 말하는 것이다. 위장과 비장의 경우에도 마찬가지다. "수십 년 동안 음식물을 다루느라 참 얼마나 고생이 많으셨습니까" 하고 속으로 진정성을 담아 말하는 순간, 속이 많이 편안해지는 느낌을 센스가 있는 이라면 그리 어렵지 않게 느낄 수 있다.

신장의 경우는 말할 것도 없다. 밤낮으로 하는 고생을 누가 구체적으로 위로해주고 있는가? 이상이 생기면, 남들 몸에 있는 신장은 잘도 멀쩡하기만 한데 내 몸에 있는 신장은 왜 이 모양인지 모르겠다는 생각이 들기가 쉽다. 하지만 그 신장을 그렇게 망가트린 자는 다른 누구도 아닌 자신이다. 이런 사실을 인정하고 '여러 가지 일을 하시느라 정말이지 고생도 많으시고 참 대단하십니다' 하고 자신의 신장에게 강렬한 메시지를 보내면, 보내는 그 순간에 허리가 쭈욱~ 펴진다.

《중용》에 나오는 구절을 또 읽어본다.

군자는 윗자리에 있을 때
아랫사람을 능멸하지 않으며

在上位 不陵下

그래야지, 그래야지, 하다가도 막상 윗자리에 올라가게 되면 평소에 생각했던 것과는 방향이 다르게 생각이 돌아가기가 쉽다. 입에서 나가는 말도 마찬가지고, 어떤 경우에는 행동으로 옮겨지기도 한다.

아랫자리에 있을 때는
윗사람을 잡아서 끌어당기지 않으며
在下位 不援上

'사장님은 왜 그렇게 어려운 일만 나에게 시키는지 모르겠다'고 하기는 쉽고, '저 사장님께서 나를 참 훌륭하게 키우려고 혹독한 훈련을 시켜주시는구나' 생각하기는 어렵다.

자기 몸을 올바르게 하고
남에게 요구하지 않으면
원망하는 사람이 없어지나니
正己而 不求乎人 則無怨

생각해보면 상식이지만 그 상식이 실제로 현실에서 실천되기는 결코 쉽지가 않다.

위로는 하늘을 원망하지 않으며
아래로는 다른 사람을 탓하지 않는다
上不怨天 下不尤人

지금부터라도 일체중생에 감사드리는 마음을 더욱 가다듬어야겠다.

물 밖에서 하는
물고기 호흡법

도는 잠시도 떨어져서는
안 되는 것이니
떨어져도 되는 것이라면
도가 아니다

道也者 不可須臾離也

可離 非道也

— 《중용(中庸)》에서

《중용(中庸)》 한 구절을 읽어본다.

> 도라는 것은
> 짧은 찰나 동안이라도
> 우리 몸에서 떨어져서는 안 되는 것이니
> 떨어져도 되는 것이라면
> 도가 아니다
> 이 때문에 군자는
> 보이지 않는 것에도 경계해서 삼가며
> 들리지 않는 것에도
> 두려워하는 것이다
> 道也者 不可須臾離也 可離非道也
> 是故君子 戒愼乎其所不睹 恐懼乎其所不聞

호흡하고 있는 찰나찰나에 산소가 끊임없이 우리 신체세포에 공급되고 있다. 날숨을 쉴 때 이산화탄소가 배출되는데 사실은 그 순간에도 모공 등을 통해서 산소는 몸으로 들어오고 있다. 심장마비 증세가 나타나서 구급차에 실려 가는 동안에도 모공은 죽을힘을 다해서 미세하게 호흡을 하고 있다. 기절해서 의식을 차리지 못하는 사람도 간신히 헐떡이긴 하지만 숨을 쉰다. 그러니 호흡 역시 잠시로 떠날 수 없는 것, 즉 도(道) 가운데 하나라고 해도 큰 실언은 아닐 것이다. 호흡을 들숨에서 잠깐 정지할 수도 있고 날숨을 쉰 다음에도 잠깐 쉴 수 있지만 '도'는 그 잠깐 사이도 떨어지지 않는다.

조금만 주의 깊게 관찰해보면 들숨을 아랫배 깊숙이 들이마시고 지긋이 멈추고 있으면 호흡이 멈춘 것처럼 보이지만 코와 입이 멈추어진 것일 뿐 모공들의 몸 전체의 호흡에너지를 입체적으로 균형을 유지하느라 무진 노력을 하고 있다. 화상을 입거나 상처가 나는 바람에 옹이가 생겨있는 곳의 모공들은 고생이 말이 아니다. 근육이나 인대 깊숙이까지 옹이가 박히면 그 답답함은 말로 할 수 없을 만큼 증폭된다. 골수까지 가지가 뻗지 않았다 해도 뼈를 싸고 있는 골막을 옹이의 한 가지가 찌르고 있으면 자나 깨나 하루 종일 송곳이 몸에 박혀있는 느낌에 시달린다. 호흡에너지가 공급되지 않으면 답답하거나 온갖 종류의 통증을 일으키게 되고, 그 '도'가 잠시라도 떨어지는 순간 천지 사이에 존재하던 생명의 의미는 사라진다.

그 '도'는 보이지 않는 곳과 들리지 않는 곳까지 초극미세하게 스며들어 있지 않은 곳이 없다. 우리가 진공상태라고 부르는 곳에도 인류가 개발해 놓은 카메라로는 촬영할 수 없는 에너지가 분명 숨 쉬고 있다.

수십 년 동안 오른쪽 날개뼈의 답답함으로 고생하다가 이제 그 답답함에서 아주 많이 벗어났다. '벗어났다'고 해봐야 사실 '그토록 답답하던 통증의 정체가 조금은 보이기 시작했다'는 정도지, 딱딱한 옹이가 여전히 골수를 찍어 누르고 있다. 모공호흡도 있지만 골공호흡(骨孔呼吸)도 있다. 나는 이 오랜 통증과 답답함을 통해서 골공호흡이 막히면 차라리 그 부분의 뼈를 드러내버리고 싶을 만큼 깊은 통증에 시달리게 된다는 것을 알아차리게 되었다.

　허리 쪽의 디스크나 통증도 더러 꾀병 취급을 받는다. 어깨 통증도 마찬가지로 "이제 아프다는 얘기 좀 그만하라"는 소리를 어렵지 않게 듣는다. 정작 통증과 답답함을 견디고 있는 당사자는 참 환장하고 미칠 노릇이다. 머릿속으로는 논문도 다 써지고, 축구도 할 수 있고, 산책도 할 수 있지만 몸을 움직이려 하면 꼭 농로에 빠져버린 벤츠 자동차의 바퀴처럼 공회전을 한다. 성깔이 남다른 사람은 공회전의 강도를 높이다가 타이어 자체에 심각한 손상을 입기도 한다. 자동차 공회전 소리가 그 옆에 있는 사람의 귀를 즐겁게 하지는 않는 것처럼 골수 깊숙이 통증세포가 박혀있는 사람의 짜증과 찡그림은 주변 사람들을 어지간히 괴롭히기도 한다.

　마음속 깊이 참회하고 있다. 어깨뼈와 날개뼈의 깊숙한 골수에 박힌 옹이 때문에 여러 사람에게 내지 않았으면 좋았을 화도 내고, 험한 구업(口業)과 신업(身業)도 지었다.

깜깜한 곳에 있는 것보다
더 드러나는 것이 없으며
미세한 것보다
더 나타나는 것이 없다
이 때문에 군자는
혼자만 알고 있는 그곳에서
삼가는 것이다
莫見乎隱 莫顯乎微 是故君子 愼其獨也

주자는 홀로 '독(獨)' 자를 '다른 사람들은 미처 알지 못하고 자기 홀로 알고 있는 곳'이라고 풀이하고 있다. 메르스 바이러스보다 더 무서운 것이 '다른 사람은 모르겠지' 하는 바이러스이다. 이 글을 쓰면서 그 바이러스가 어디 숨어있지는 않은지 나 자신을 반성하고 돌아보게 된다. 주자가 이를 풀이하였다.

그러므로 군자는
항상 경계하고 두려워하며
여기에다가 삼감을 더하는 것이니

인욕(人欲)이 장차 싹트려고 하는 곳에서

원천적으로 차단하여

은미함 속에서 남몰래 불어나고 은밀하게 자라

도에서 멀리 떨어지는 지경에 이르지 않도록 하는 것이다

是以君子 旣常戒懼 而於此 尤加謹焉 所以遏人欲於將萌

而不使其潛滋暗長於隱微之中 以至離道之遠也

산소호흡기 없이 지구의 대기권을 벗어나면 어떻게 될까? 물에서 벗어난 물고기가 몸을 펄떡거리고 숨을 헐떡거리다 스르르 눈을 감는 것처럼 되는 걸까? 아니면 산소보다 더 좋은 그 무엇이 혹시 있어서 폐가 더 시원해지는 것은 아닐까? 언젠가 물고기가 물에 빠져 죽은 이야기를 들은 적이 있다. 실화는 아니고 그럴듯하게 엮은 우스갯소리다.

어항에 물고기를 키우는 청년이 군대를 가게 되었다. 그런데 이 청년이 물고기와 사랑에 빠졌는지 어쨌는지 모르지만 도저히 물고기를 혼자 두고는 떠날 수가 없었다. 곰곰이 생각하던 청년은 손뼉을 크게 치고는 어항의 물고기에게 특수 훈련을 받게 한다. 요란한 제식훈련이나 장거리 마라톤 훈련이 아니다. 어항에서 잠시 물고기를 꺼내 물 없는 곳에서 처음으로 5초를 견디게 했다.

다음에는 20초로 늘렸다. 오만상을 찌푸리면서 괴로운 표정을 짓던 물고기가 물 밖에서 30분을 견디게 되었다. 입대 일자가 얼마 남지 않은 청년은 그야말로 열과 성을 다하여 물고기와 호흡을 맞추면서 훈련에 훈련을 거듭했다. 하루에 5분밖에 잠을 자지 않았단다. 입대 전날, 드디어 물고기는 물속에 있지 않아도 너끈하게 견디는 호흡법을 터득했다.

문제는 군대에 입대한 후에 터졌다. 물고기를 잠시 혼자 있게 하고 청년이 화장실에 갔는데 분대장이 물고기가 물 밖에서 희죽 희죽 웃고 있는 것을 보고는 그만 불쌍한 생각이 들어서 잡아다가 군부대 근처에 있는 연못에 정성스레 놓아주었다. 앗, 그런데 그만 이 물고기가 조금 있다가 죽어버렸다. 물고기가 물 밖에서 호흡하는 법을 새로 터득했지만 정작 물속에서 호흡하는 법은 잊어버린 것이다. 그 물고기의 사십구재를 지냈는지 안 지냈는지까지는 얘기를 듣지 못했다.

물 밖이 익숙해진 물고기처럼 우리는 본래 호흡을 잃어버리고 중생의 호흡을 하고 있다. 중생의 호흡은 뼈마디가 틀어지는 방향으로 이끌지만 본래 호흡은 뼈마디가 제자리로 돌아가게 해준다. 잠시도 떠날 수 없음에도 불구하고 모두가 망각하고 있는 호흡법, 그 도를 회복한다면 우리 사회가 좀 더 건강한 사회로 한걸음 나아갈 수 있을 것이다.

모두 지난 일,
담아두지 말자

바람이 성긴 대숲에 불어와도
바람이 지나가고 나면
대숲은 그 소리를 붙잡아두지 않고
기러기가 차가운 연못을 지나가도
기러기가 지나가고 나면
연못은 그 그림자를 붙잡아두지 않는다

風來疏竹　風過而
竹不留聲　雁度寒潭
雁去而　潭不留影

—《채근담(菜根譚)》에서

가녀린 바람에도 미친 듯 소란을 떨다가도 바람이 지나가고 나면 언제 그랬냐는 듯 적막한 대숲, 어디 기러기뿐일까? 넓은 하늘에 떠도는 구름이며 자잘한 파리, 모기들까지 어느 하나 가리지 않고 고스란히 비추다가도 한순간 언제 그랬냐는 듯 텅비어버리는 연못. 이런 대숲처럼 연못처럼 하루하루를 보낸다면 참 좋을 것이다.

연못 물은 우리 마음이다. 연못 바닥이며 가장자리와 연못 주위의 나무와 꽃은 우리 몸이다. 기러기가 연못 위를 지나갈 때, 그림자가 연못 물에만 비치는 것이 아니라 사실은 마침 그 시간에 연못을 지나던 바람에도 그림자가 스며들고, 하얗고 조그만 제비꽃 꽃잎에도 아롱진다. 다만 제비꽃 꽃잎 속 그 미세한 수분에 비치고 있는 그림자를 볼 수 있는 눈이 우리 얼굴에 매달려 있지 않을 뿐이다.

어느 시인이 일찌감치 노래했던 것처럼, 연꽃 만나러 가는 바람 아니라 연꽃 만나고 가는 바람이 그 연못 위를 지나갈지도 모른다. 그것도 방금 연꽃 만난 바람이 아니라 한두 철 전 연꽃을 만나고 연잎도 만났던 바람이 잠시 그 연못 위를 스치기도 하다. 그 바람결에도 기러기의 그림자가 내려앉았을 텐데, 우리의 눈은 바람도 바람에 활동사진처럼 내려앉은 기러기의 그림자도 볼 수가 없다.

오랜만에 만난 후배랑 이 얘기 저 얘기 하다가 손목뼈 얘기에 이르렀다. 손목뼈를 가만히 생각해보면 피부가 감싸고 있고, 힘줄과 핏줄과 근육과 인대와 관절 시스템이 보호를 하고, 뼛속의 골수에 분포되어 있는 극미세 모세혈관 속에는 극소량이기는 하지만 분명히 혈액이 아주 느린 속도로 쉬지 않고 흐르고 있다. 그 모세혈관 속의 혈액도 연못이다. 그 연못 위로도 수없는 기러기 떼가 지나갔고 지나가고 있다. 가다가 넘어져서 엉겁결에 픽~ 짚었던 기러기의 그림자도 들어있다.

《채근담》에 나오는 연못은 기러기의 그림자를 붙잡아두지 않지만 손목뼈 골수 속의 모세혈관 연못은 책상 모서리에 부딪혔던 기러기의 그림자를 깊숙이 붙잡고 있다. 그렇게 붙잡고 있다가 컴퓨터 작업이라도 좀 오래 할라치면 기러기는 날아가고 없는데 기러기의 그림자가 움직이기 시작한다. 쑤시기도 하고 저릿하기도 하고 쥐가 나기도 한다. 쥐를 잡으라고 고양이를 집어넣을 수도 없다. 이 모두가 우리의 무의식이 붙잡고 있는 그림자이다.

보살은 이렇게 말하였다.

생사의 언덕에도 머물지 않고
열반의 언덕에도 머물지 않는다
不住生死 不住涅槃

몽유록

열반의 언덕에 머물지 않기 때문에 생사에 흘러 떠도는 중생들을 배에 실어서 나른다. 생사의 언덕에 머물지 않기 때문에 또 생사의 강물에서 허우적거리지 않을 수 있다.

발바닥을 못에 찔려본 적이 있는 사람은 철물점에 얌전히 진열되어 있는 못들만 봐도 발바닥이 오글오글하다. 발바닥의 세포에 아직 진하게 남아있는 기러기의 그림자가 꿈틀거리기 때문이다. 반대의 경우도 있다. 아주 좋은 기억이나 추억이 있는 곳은 그곳을 생각하기만 해도 절로 기분이 좋아지고, 혈액이 갑자기 훅~ 하고 돌아준다. 사람의 경우에는 말할 것도 없다. 뵙기만 해도 가슴속 근심 걱정이 녹아내리는 스님도 계시다. 좋은 기억의 기러기 그림자이다. 그렇게 기러기 그림자는 중생의 안이비설신의(眼耳鼻舌身意)에 흔적을 남긴다. 매실은 생각만 해도 입에 침이 고이고, 설중매의 향기는 상상만 해도 경추까지 시원해지고 척추 줄기가 시원하게 따뜻해진다. 시골 부엌 장작불에 고구마를 구워먹었던 기억을 떠올리면, 서울 도심 한복판에서도 장작불에 따스해졌던 뺨에 행복한 표정을 짓고 뜨끈한 느낌이 손가락에 전달돼온다. 혀에 닿던 그 군고구마의 맛이라니…. 이제 그 시골집에는 어머니도 안 계시다. 그 좋은 기억의 기러기 그림자들도 이제 저 넓은 허공으로 훨훨 날아가주면 참 좋을 텐데.

《금강경》〈야부송〉에서 야부 스님은 다음과 같이 노래하였다.

색깔을 보아도 색깔에 신경 쓰지 않고

소리를 들어도 소리에 마음 팔리지 않아야 할지니

색깔과 소리에 걸림이 없어지는 곳에서

친히 법왕의 성에 이르리라

見色非干色 聞聲不是聲 色聲不礙處 親到法王城

손목뼈나 발목뼈나 어깨뼈 속의 기러기 그림자는 소리도 내지 않고 색깔도 그리 선명하지 않다. 그런데 그 기러기의 그림자가 꿈틀거릴라 치면 입이 소리를 내고, 귀에 헛소리가 들리기도 한다. 풀벌레의 울음소리 비슷한데 금속의 뾰족한 부분으로 철판을 긁어대는 소리와 비슷한 소리가 아무 이유도 없이 들린다고 말하는 사람도 있다. 눈에도 갑자기 어른거림이 찾아오기도 한다.

상상만 해도 귀가 맑아지는 소리도 있다. 새벽 종성, 새벽 예불의 합창 소리는 직접 들으면 말할 것도 없고 생각만 해도 온몸의 세포 하나하나가 환희로움으로 꿈틀거린다.

필자가 아는 지인은 그 사람은 있거나 없거나 우리 심신에 즐거움을 준다면서 즉석에서 다음과 같은 시구를 읊기도 했다.

심신의 미묘한 즐거움은

그가 있건 없건 관계없다네

지인은 붓글씨로 써서 어느 기획사 대표님께 선물까지 했다. 소리에도 걸리지 않고, 색깔에도 넘어지지 않고, 향기에도 휘청거리지 않고, 충격에도 꿋꿋할 수 있다면 우리 몸과 마음이 늘 즐거울 수 있을 것이다. 소리로 된 기러기의 그림자도 색깔로 되어 있는 기러기의 그림자도 향기로 되어 있는 기러기의 그림자도 온갖 충격의 주파수로 되어 있는 그림자도 서서히 녹여버릴 일이다.

후배가 "제 몸속에 기러기 그림자가 이렇게 많은 걸 미처 생각 안 해봤습니다" 하고 말하는 것을 들으면서 "그 기러기 그림자가 낳은 새끼 기러기들의 그림자는 더 많다"고 얘기할까 하다가, '그림자를 더 늘리는 일이니 부질없다'는 생각이 문득 떠올라서 "새해에는 그 기러기의 그림자들이 자유롭고 넓고 평온하고 행복한 곳으로 틀림없이 훨훨 날아갈 것이다" 하고 덕담을 해주었다. 그러자 내 몸 속에 있던 기러기의 그림자들이 내가 말한 그곳을 향해 실시간으로 날아가는 느낌이 강하게 들었다.

'그렇구나! 좋은 얘기를 하고 좋은 생각을 하면 나의 세포가 이렇게 좋아지는구나.'

모든 이들의 몸과 마음에 아련하게 새겨진 기러기의 그림자들이 활기찬 날갯짓으로 부디 훨훨 날아가기를 기원한다.

더위를
식히며

고요한 밤 종소리 들으며
꿈속의 꿈을 깨운다

聽靜夜之鐘聲
喚醒夢中之夢

—《채근담(菜根譚)》에서

몽유록

홍자성(洪自誠)의 《채근담(菜根譚)》에서 몇 구절을 골라 읽으면서 더위를 식혀본다.

> 고요한 밤 종소리 들으며
> 꿈속의 꿈을 깨우고
> 맑은 연못 달그림자 바라보며
> 몸 밖의 몸을 알아차린다
> 聽靜夜之鐘聲　喚醒夢中之夢
> 觀澄潭之月影　窺見身外之身

고요한 밤에 들려오는 종소리는 여름엔 더위를 식혀주고 겨울엔 추위를 물리쳐준다. 봄 가운데 듣는 밤 종소리도 정취에 따라 무한한 효용을 발휘한다. 절집의 풍경 소리도 찰나찰나에 일어나는 잡념을 덩그렁 덩그렁 흩어지게 해준다. 밤에 꾸는 꿈은 작은 꿈일 뿐이다. 인생 몽땅 한바탕 생생한 꿈이다. 조신(調信)의 일장춘몽(一場春夢)은 조신만의 꿈이 아니라 우리 모두의 꿈이다. 종소리는 그 꿈을 깨워준다. 쇠로 만든 종소리가 아니라 내면 깊은 곳 뇌세포가 깨어나면서 울리는 종소리다. 두개골 뼈를 진동시키면서 손가락 발가락 끝까지 저릿하게 퍼져나가는 종소리의 부드러우면서도 강력한 파워를, 들어 본 사람은 안다. 성인들께서 고금을 초월해 울려주는 종소리는 책 속 문자에서 울리기도 하고, 후두둑 지나가는 빗방울에 나부끼는 은행잎에서도 울린다. 타다닥 타다닥 컴퓨터 자판 두드리는 소리에도 물론 울리고, 점심 식사 후에 마시는 한 잔의 커피 향에서도 울린다.

맑은 연못에 스며든 달그림자는 하늘에 떠있는 달보다 때로 더 많은 사색거리를 제공한다. "내 몸이다"라며 애지중지 하지만 못에 비친 달그림자와 다를 바가 뭘까? 그렇다면 저 달그림자의 주인, 이 몸이라는 그림자의 주인은 무엇일까?

시간의 길고 짧음은

한 찰나 생각에서 비롯되고

공간의 넓고 좁음은

한 치 마음에 달려있다

그러므로 마음을 한가롭게 할 수 있는 사람에게는

하루가 천고의 세월보다 길 수 있고

생각을 넉넉하게 조절할 수 있는 사람에게는

조그만 방도 하늘과 땅 사이처럼 넓을 수 있다

延促由於一念 寬窄係之寸心

故機閑者 一日遙於千古 意廣者 斗室寬若兩間

한 골 차로 뒤지고 있는 국가대표팀의 축구경기에서 후반전 5분과 추가시간은 어쩜 그리 후다닥 지나가는지 모른다. 반대로, 비겨도 다음 라운드에 진출하는 경기에서 0 대 0으로 팽팽하게 경기가 진행될 때 똑같은 5분과 추가시간은 그렇게 더디게 흐를 수가 없다. 지고 있는 상황에서 시간은 얼마 남지 않았는데 아랍 선수가 갑자기 운동장을 침대로 만들어버리면 텔레비전을 지켜보는 열성 축구팬의 혈압은 하늘로 산으로 치솟는다. 골인 장면에서 어느 할아버지가 다른 세상으로 이동해버렸다는 뉴스가 나온 적도 있다.

넓은 공간을 차지하고 있으면서도 마음이 늘 좁아터진 사람이 있고, 좁은 공간에 있으면서도 마음속이 늘 넉넉한 사람이 있다. 시간적인 여유가 있을 때는 교통정체에 걸려있는 도로도 널찍하게 느껴지지만 급히 가야될 때는 자동차 한 대만 앞에 있어도 그놈의 도로가 왜 그렇게 좁은지 모른다. 가끔씩 오토바이는 또 왜 끼어드는 건지. 도로 상태도 마찬가지다. 건강한 상태에서는 서울 시내 도로 상태가 어떤지 관심도 없다. 웬만한 균열이나 턱은 문제가 되지 않는다. 하지만 언젠가 고관절 바로 아래쪽 뼈가 다섯 조각이 나면서 조그만 뼈 하나가 튕겨진 채 119에 실려 간 적이 있다. 아~ 그 바퀴의 튀어 오름과 콕콕 찌름의 협주를 나는 아직도 잊지 못하고 혼자 빙그레 웃을 때가 있다.

치열한 경쟁을 남들에게 맡겨두면서도

'모두들 취해 있다'고 혐오감을 내지 말고

고요하고 담담하게 자신을 적절히 조절하면서도

'홀로 깨어있다'고 자랑하지 말라

이것이 석가모니께서 말씀하신

법에 얽매이지도 않고

공에 얽매이지 않아

몸과 마음이 둘 모두 자재하다는 것이라네

競逐聽人 而不嫌盡醉 恬淡適己 而不誇獨醒

此釋氏所謂 不爲法纏 不爲空纏 身心兩自在者

　무언가에 쫓기듯 잔뜩 욕심을 부리는 사람이 눈에 들어와도 '필시 무슨 사연이 있어 저러겠지~'라고 생각하면 미워하던 마음이 사라진다. 정말 마음이 고요한 사람은 자신이 고요하다고 새삼 자랑하지 않는다. 미움이 사라지고 자랑이 증발되면 몸도 마음도 편안해진다.

냉정해지고 나서 열 냈던 것을 바라본 연후에

열 내면서 분주하게 뛰어다녔던 것이 무익함을 알게 되고

우왕좌왕 바쁨에서 한가로움으로 들어간 연후에

한가로움 속의 재미가 가장 뛰어난 것임을 알아차린다

從冷視熱 然後 知熱處之奔走無益

從冗入閒 然後 覺閒中之滋味最長

무더운 여름이 매미 소리와 함께 지나가고 있다. 저 매미 날개
도 땀을 흘리고 있는지 모를 일이다. 더위 먹는 바람에 시들어가
던 나뭇잎도 소낙비가 한차례 두드려주고 지나가면 생기를 되찾
을 것이다. 그렇게 내리는 소낙비에 젖어 묵직한 우산도 볕을 쬐
면 다시 뽀송뽀송해질 것이다.

서울은 대체로 다 좋은데 건물에 처마가 없는 것이 좀 아쉽다.
시골 마을 처마 밑 마루에 앉아 소낙비를 피하고 있노라면 풋풋
하게 콧속을 파고들었던 흙냄새는 여러 사람의 기억 속 후각세포
까지 훈훈하게 해준다. 툇마루에 누워 단잠에 들었다가 슬며시
깨어날 무렵 뒷산에서 울어주던 뻐꾹새는 아직도 살아있을까? 기
억과 추억 속의 한낮 뻐꾸기가 뙤약볕 내리쬐는 서울 한복판에서
끊임없이 되살아나고 있다.

눈 속에서 피는
매화의 향기

고단한 번뇌 아득히 벗어난다는 것 예삿일 아니니
줄을 팽팽히 잡고 한바탕 애를 써라
매서운 추위가 한차례 뼈를 지나가지 않으면
어찌 코를 찌르는 매화 향기를 얻을 수 있으리오

塵勞迴脫事非常
緊把繩頭做一場
不是一番寒徹骨
爭得梅花撲鼻香

— 황벽희운(黃檗希運)선사 게송에서

몽유록

끊임없이 무엇을 익힌다는 뜻의 '익힐 습(習)' 자는 '깃 우(羽)'라는 글자 아래에 '흰 백(白)' 자가 받치고 있는 글자이다. '새의 깃'과 '하얗다'는 뜻이 만나서 어떻게 '익힌다'는 글자가 되고, '학습한다'는 뜻이 나오는 것일까?

《논어》제1편 〈학이(學而)〉의 첫머리 구절은 이렇게 시작한다.

"학이시습지(學而時習之)면 불역열호(不亦說乎)아."

보통은 "배우고 때로 익히면 또한 기쁘지 아니한가"로 뜻풀이를 한다. '때로 익히다'는 말은 사실은 끊임없이 시시각각 익힌다는 뜻이다. 어느 야구선수가 인터뷰해놓은 기사를 전에 읽은 적이 있는데, 한밤중에 다른 선수들이 모두 숙소로 돌아간 뒤에도 혼자 남아서 천 번이고 만 번이고 반복해서 고무타이어에 배트를 휘둘렀다고 한다. 손바닥에 피가 흥건하게 물들어야 '이제 연습을 좀 했구나' 하는 생각이 들었다고 한다.

《논어》의 첫 구절을 좀 자세하게 음미해본다. '배운다'는 뜻의 '학(學)'은 스승이나 선배가 하는 것을 본받는다는 뜻이다. 롤 모델이 있어야 나도 저렇게 한번 되어야지 하는 마음이 들게 된다. 고수의 한 수 지도가 없이는 절대 차원을 벗어나 한 차원 위로 올라가는 경험을 하기가 어렵다. 시골에서 바둑을 잘 두는 스승과 제자가 옆 동네의 바둑꾼에게 형편없이 지고 나서 둘이 짐을 싸서 산속 깊이 들어가 10년간 바둑을 연구하고 나왔다. 다시 옆 동네의 바둑꾼에게 살짝 배운 어린 사람과 바둑을 두었는데 백판을 내리 지고 말았다. 거기서 거기인 바둑 실력으로 10년 동안 제자리걸음만 하고 체력마저 한참 떨어져버렸기 때문이다. 박세리 선수가 미국에서 골프 치는 것을 재미있게 지켜보던 꼬마들이 지금은 미국 여자 골프 무대를 주름잡고 있다. 분야를 막론하고 먼저 길을 가본 사람의 한마디는 큰 힘이 되는 것임에 틀림없다.

'시습(時習)'은 김시습 선생의 이름이기도 한데, 여기서 '시(時)'자는 '어쩌다 한 번씩'이라는 때때로가 아니고 '틈만 나면 끊임없이'라는 뜻의 때때로이다. 야구선수가 밤마다 끊임없이 손바닥에서 피가 나도록 배트를 휘두르는 것이 그 예이다.

'습(習)'은 깃털이 아직 하얗게 뽀송뽀송한 새끼 새가 엄마 아빠가 나는 것을 보고 둥우리에서 퍼덕거리면서 날갯짓을 한다는 뜻이다. 시골집 구석에 제비가 집을 짓고 알을 낳고 얼마 안 있어 부화한 새끼 제비들이 밤낮없이 퍼덕거리면서 날갯짓 하던 것을 본 적이 있는 사람은 이 글자를 이해하는 데 뭐 그리 큰 어려움이 없을 것이다. 그 부단한 노력 끝에 어느 날 새끼 제비는 조금 떨어진 앞 담까지 날아가 불안한 착지이지만 큰 숨을 몰아쉬고 엄마 아빠를 돌아본다. 다음날은 앞 담까지 날아갔다 둥우리로 돌아오고 하다가 사나흘 지나면 옆집과 연결되어 있는 전깃줄까지 힘내서 날아오른다. 발톱으로 안간힘을 다해 전깃줄을 붙잡고 이로 안간힘을 다해 전깃줄을 붙잡고 이제 지붕보다 조금 높은 세상 구경을 한다. 이런 과정을 일러 '습(習)'이라고 한다. 그렇게 전깃줄까지 날아가고, 전깃줄에서 땅바닥에 내려앉아 보고, 땅바닥에서 앞 담까지 날아오르고, 앞 담에서 둥우리로 귀환하는 과정을 부단하게 익히다가 어느 날 드디어 엄마 아빠 누나 동생과 편대를 이루어 허공을 자유롭게 날아다니게 된다.

'기쁘지 아니한가'의 기쁘다는 뜻의 '열(說)' 자는 '설'로 발음하기도 하고, 선거 유세할 때는 '세'로 발음하기도 하고, 옷을 벗는다는 뜻으로 쓰일 때는 '탈'로 발음하기도 한다.

고전의 구절은 단번에 이해되기도 하지만, 곱씹어 읽고 다시 꺼내 읽고 하는 과정에서 새록새록 우러나오는 의미가 들어올 때, 거기에 고전을 읽는 진미가 있다 할 것이다. 흔히들 《논어》의 구절은 오십이 지나서 읽어야 그 뜻이 좀 들어온다고 한다. 삼십대에 《논어》를 읽어도 뜻을 파악하지 못하는 것은 아니다. 오히려 시험이라도 보면 점수가 더 잘 나올 것이다. 허나 한 구절 한 구절에 스며들고 굽이쳐 흐르는 의미는 아무래도 세월이 좀 더 흐른 다음에 보이기도 하는 모양이다.

전에 《논어》의 첫 구절을 읽을 때는 그 부단한 날개의 퍼덕거림에 포인트를 두고 읽었었다. 오늘 다시 읽어보니, 날갯짓도 날갯짓이지만 엄마제비와 아빠제비가 터를 잡은 아늑한 공간에 생각이 간다. 바람도 피하고, 뱀 같은 동물의 침입도 피하고, 땅에서 올라오는 지열을 잘 받는 곳에 제비들은 집을 짓는다. 무슨 설계도를 미리 그리고 청사진을 뽑아내고 하는 것도 아니다. 포크레인을 동원하는 것은 더욱 아니다. 집 주인에게 못과 망치를 빌려 달라고 부탁하지도 않는다. 물론 화장실과 주방의 위치를 고민할 필요가 없다는 점도 있다. 논에서 진흙을 톡톡 물어다가 차근차근 쌓아올리는 솜씨라니, 참 그저 감탄사만 나올 뿐이다. 흙벽돌을 쌓아 올려보면 제비의 솜씨가 어느 정도인지 더 잘 짐작이 될 수도 있다.

우리 몸에도 제비 알터와 같은 곳이 있으니 골반 시스템이다. 골반 시스템이 안정되지 않으면 건강을 기대하기가 참으로 어렵다. 골반 시스템을 아래에서 지탱하고 있는 무릎과 발목과 발가락 시스템의 중요성은 말할 나위도 없다. 발가락 끝이 길가의 돌부리에 부딪치는 바람에 머리 꼭대기까지 찌르르 전해오는 전기에너지는 누구나 느껴보았을 것이다.

송나라 때 장구성(張九成)이라는 사람은 봄날 어느 시골집 화장실에서 큰일을 보다가 개구리들이 한꺼번에 우는 소리를 듣고는 온 우주가 하나의 집안임을 알고는 이런 게송을 지었다.

달 밝은 봄밤에 한바탕 개구리 소리

온 우주를 때려 부셔 한집안을 만들었네
바로 이런 순간, 그 누가 알아차렸던가
고갯마루에서 돌부리 걷어차고 끙끙댄 현사가 계셨네
春天月夜一聲蛙　撞破乾坤共一家
正恁麼時誰會得　嶺頭脚痛有玄沙

　당나라 말엽에 현사사비(玄沙師備, 835~908) 스님은 어느 날 고갯
마루를 넘다가 돌부리를 걷어찼는데 어느 발가락인지는 알 수 없
지만 그 아픔에 데굴데굴 구르다가 퍼뜩 한 소식을 했다고 한다.

　책을 읽다가 스스로 뜨끔해질 때 정말 행복해진다. 물론 그 뜨
끔함이 실시간으로 행복한 느낌을 주는 경우는 많지 않다. 한동
안 가슴이 먹먹해지고 머릿속이 아득해지기도 하고 심장이 멈추
어버리는 듯한 극도의 통증이 동반되는 경우가 많다.

　안 하던 운동을 오랜만에 하면 근육통이 반드시 찾아온다. 좀
더 심하게 운동을 하면 인대와 뼈마디를 이어주는 관절통이 찾아
온다. 고전을 읽는다는 것은 보이지 않는 마음의 근육과 인대와
관절과 혈관과 보이지 않는 마음의 모세혈관을 청소하는 일이다.
호흡수행을 해본 사람이라면 누구나 다 겪어보았겠지만 골수 깊
은 속에 굳어있던 덩어리 부스러기들이 풀리느라고 뜨끔함을 넘
어 인두로 지져대는 듯한 통증이 때때로 동반되기도 한다. 들은

얘기지만 사육신의 한 사람인 성삼문은 화가 머리꼭대기까지 치민 세조가 벌겋게 달구어진 인두로 국문을 하는데 태연하게 웃으면서 한마디 건넸다고 했다.

"어허 인두가 아까보다 식었소. 좀 더 달구시오."

벌겋게 달구어진 인두를 더 달구라고 한 성삼문의 담금질까지야 굳이 배울 필요 없지만, 모쪼록 지독한 아픔을 외면하지 말아야 할 것이다. 왜냐하면 깊은 깨달음은 그 고통 속에서 샘솟기 때문이다.

황벽희운(黃檗希運, ?~850)선사께서도 게송으로 말씀하셨다.

고단한 번뇌 아득히 벗어난다는 것 예삿일 아니니
줄을 팽팽히 잡고 한바탕 애를 써라
매서운 추위가 한차례 뼈를 지나가지 않으면
어찌 코를 찌르는 매화 향기를 얻을 수 있으리오
塵勞逈脫事非常 緊把繩頭做一場
不是一番寒徹骨 爭得梅花撲鼻香

이 추운 겨울이 다 끝나기 전에 설중매가 향기를 뿜을 것이다.

카테리니행 기차는
떠나고

평생토록 읽은 경전들은
흙먼지로 돌아가고
다섯 갈래 선림에도
조사의 바람이 잦아들겠지

一生貝葉歸塵土
五派禪林減祖風

— 함월해원(涵月海源)선사 〈취송 스님을 애도하며[挽翠松]〉에서

중앙승가대 교수로 재직하셨던 보문(普門) 송찬우 선생님께서 입적하셨다. 이제 겨우 환갑을 조금 넘긴 연세인데, 다시는 돌아오지 못할 길을 떠나셨다.

조선 중기 함월해원(涵月海源, 1691~1770)선사가 지은 〈취송 스님을 애도하며[挽翠松]〉라는 시를 읽어본다.

허깨비 몸은 머물기 어려워라, 흐르는 강물처럼
육십년 세월이 부싯돌에서 튄 불꽃이었구려
달 기운 휑한 산에서 창자가 끊어질 듯하고
싸늘한 등불 기긴 밤에 눈물만 끝없이 흐르네
평생토록 읽은 경전들은 흙먼지로 돌아가고
다섯 갈래 선림에도 조사의 바람이 잦아들겠지
나보다 뒤에 왔다가 나보다 먼저 떠나가니
인정머리 없는 게 하늘이란 걸 비로소 알겠구려

幻身難住水流東　六十年光石火中
落月空山腸欲斷　寒燈長夜淚無窮
一生貝葉歸塵土　五派禪林減祖風
後我而來先我去　始知天道逆人情

가슴이 미어진다. 뭉클거리기도 하고, 안타깝기도 하고, 죄송하기도 한 이 마음은 도대체 무엇이란 말인가? 수많은 기억들이 밀물처럼 밀려왔다 썰물처럼 쓸려간다. 그렇게 서늘한 연구실 희미한 불빛 아래에서 조수미가 부른 〈카테리니행 기차는 8시에 떠나가네〉만 하염없이 듣고 또 듣고 있다.

카테리니행 기차는 8시에 떠나가네
11월은 내게 영원히 기억 속에 남으리
함께 나눈 시간들은 밀물처럼 멀어지고
이제는 밤이 되어도 당신은 오지 못하리
기차는 멀리 떠나고 당신 역에 홀로 남았네
가슴 속에 이 아픔을 남긴 채 앉아만 있네

대학원 시절, 다리를 크게 다치면서 나름 계획했던 일들이 한순간에 물거품이 되고 말았다. 그 무렵에 선생님을 만났다. 부리부리한 눈빛에다 두툼한 입술로 불교 경론이며 노장(老莊)에다 공맹(孔孟)의 말씀까지 폭포수처럼 쏟아내셨다. 게다가 그 거침없는 물살은 맑기까지 하였다. 나는 첫눈에 한 남자에게 반해버렸다.

선생님께서 번역하신 《조론(肇論)》을 출간하는 과정에서 내가 원문을 대조하며 교정하는 일을 맡았을 때였다. 한 글자, 한 구절에 이렇게 방대한 뜻이 함축되어 있었다니! 감탄을 금치 못했다.

옛 성현의 빛나는 지혜들이 선생님의 손끝을 따라 고구마 줄기를 잡아당기듯 뭉떵뭉떵 쏟아져 나왔다.

'아, 번역이란 바로 이런 것이구나.'

내가 문자(文字)를 바라보는 창의 크기가 한 뼘쯤 된다면 선생님의 안목은 집채만 했다. 이후 한동안 나의 삶은 온통 그분을 닮아가기에 집중되었다. 그분이 읽었던 고전을 따라 읽고, 그분이 생각하듯 생각해보았다. 그분이 《장자》의 포정(庖丁)처럼 능숙한 솜씨로 예리한 칼을 휘둘러 경론을 풀어내듯, 나 또한 글자에 파묻힌 작자의 의도를 파헤치고 또 풀어내려 애썼다.

그렇게 나에게도 새로운 세계가 열렸다. 참 감사한 일이다. 하지만 선생님은 평생 깊은 상처를 품고 사신 분이었다. 그 깊은 상처를 당신도 어쩌지 못해 술로 달래고, 그런 자신이 못마땅해 스스로 냉소를 퍼붓고, 때론 곁의 사람들까지 가혹하게 대하셨다. 그 아픔을 모르는 바 아니지만, 갑작스런 모습에 당황한 제자들이 하나둘 선생님 곁을 떠났고, 나 역시 어느 날 그렇게 선생님 곁을 떠났다.

그리고 한참 세월이 흐른 후, 건강이 좋지 못하다는 소식을 듣고 선생님을 찾아뵈었다.

"자네도 이제 나이를 먹어 가는군."

탓하는 표정 하나 없이 환한 웃음으로 먼저 손을 내미셨다. 기억 속에 선명하던 미간의 깊은 주름도 보이지 않았다. 그런 선생님이 참 좋았다. 다시 선생님 곁에 머물고 싶었다. 하지만 이미 대장암 말기셨다. 수술은 했지만 다음을 장담할 수 없는 상황이었다. 하지만 선생님은 내가 기억하던 예전의 그 어떤 모습보다도 훨씬 여유롭고 부드러우셨다.

그리고 오늘, 돌아가셨다는 소식이 전해졌다. 입적하기 50분 전에 몸을 일으켜 달라 하시고는 다리를 틀고 앉아 "나무아미타불"을 간절하게 염하다가 "부처님… 못난 저를 위해 이렇게 와주셨군요"라는 말씀을 남기고 앉은 채로 입적하셨다고 한다.

〈카테리니행 기차는 8시에 떠나가네〉가 아직도 흘러나온다. 가슴이 미어진다. 하늘이 시샘한 걸까? 탁월한 재주를 가지고도 불운으로 일관했던 선생님의 삶이 그저 안타깝고, 하해와 같은 은혜를 입고도 털끝만큼도 보답하지 못한 나 자신에게 화가 치밀고, 무참하게 뜯겨져나간 내 기억의 빈자리가 허전하기만 하다.

선생님께서 예전에 《왕생정토론(往生淨土論)》을 강의하셨다고 들었다. 돌아올 수 없는 길이지만, 선생님은 카테리니행 기차가 아니라 분명 서방정토행 기차를 타셨을 것이다.

법을 구하는
창자는 어디에

목탁 울리고 종소리 떨어지고
죽비까지 치자
봉황새가 은산철벽 너머로
훌쩍 날아가네

鐸鳴鐘落又竹篦
鳳飛銀山鐵壁外

— 해안봉수(海眼鳳秀)선사 게송에서

몽유록

목탁 울리고 종소리 떨어지고 죽비까지 치자
봉황새가 은산철벽 너머로 훌쩍 날아가네
뭔 좋은 소식이 있냐고 누가 내게 묻는다면
회승당에서 만발공양이 있다지 않소 하리라

鐸鳴鐘落又竹篦　鳳飛銀山鐵壁外

若人問我喜消息　會僧堂裏滿鉢供

근대의 고승 해안봉수(海眼鳳秀, 1901~1974)선사의 오도송(悟道頌)이다. 오랫동안 주석하신 부안 내소사(來蘇寺) 천왕문에 이 게송이 걸려 있다. 해안선사가 열여덟 어린 나이로 백양사 선원에서 7일 용맹정진을 할 때였다. 사량(思量)으로는 도무지 어찌해 볼 수 없는 화두 앞에서 쩔쩔 매는 해안에게, 조실 학명(鶴鳴)선사가 준엄한 명을 내렸다.

"은산철벽(銀山鐵壁)을 뚫어라!"

은산철벽(銀山鐵壁).《고승전(高僧傳)》에 자주 나오는 표현이다. 불교가 막 중국으로 전해지던 그 옛날, 부처님 가르침에 목말랐던 중국과 신라의 스님들은 직접 인도로 나섰다. 지금이야 비행기 타고 한나절이면 갈 수 있지만, 그땐 정말로 목숨을 걸어야만 했다. 산이나 몇 개 넘고 강이나 몇 개 건너는 정도였다면, 그리 고단했다 할 것도 없다. 그 길을 가다가 죽은 사람과 짐승의 뼈로 이정표를 삼아 타클라마칸 사막을 건너야 했고, 퍼석거리는 밧줄 하나에 의지해 파미르의 수많은 협곡을 건너야 했고, 쇳덩어리처럼 단단해 바늘 하나 꽂을 틈도 없는 직각의 절벽을 맨몸으로 몇날며칠 기어올라야 했고, 은처럼 하얗게 빛나는 히말라야의 싸늘한 봉우리들을 넘고 또 넘어야만 했다. 절체절명(絶體絶命), 혼신의 힘을 다해 어떻게든 그곳을 통과해야만 부처님 나라, 인도에 닿을 수 있었다.

해안 스님 역시 그 옛날 구법승(求法僧)들처럼 혼신의 힘을 다해 일념으로 정진하였다. 나흘째 되던 날이었다. 스님을 불러 공부를 점검하던 학명선사가 호된 꾸중과 함께 스님을 방 밖으로 쫓아냈다. 방문을 나서자마자 쾅! 하고 문이 닫혔다. 그리고 곧바로 학명선사의 따뜻한 음성이 들렸다.

"봉수야!"

다시 들어가려고 문고리를 잡아당겼지만 문은 이미 안에서 걸어 잠근 상태였다.

이때 피가 끓는 분심(忿心)이 일어났다고 한다. 그렇게 마지막 날이 되었다. 목탁이 울리고, 저녁 종이 울리고, 마침내 용맹정진을 마감하는 방선(放禪) 죽비가 울렸다.

"탁! 탁! 탁!"

그 순간, 답답하기만 하던 스님의 가슴이 한순간에 시원해졌다. 이에 게송을 지어 학명선사에게 올렸다고 한다. 해탈(解脫)의 기쁨, 견성(見性)의 희열, 고뇌의 끝에 다다른 그 안도감을 어떻게 표현해야 할까? 말로는 도무지 표현할 길이 없고, 표현한다 해도 남들은 도무지 알 길이 없다. 그러니, 헤벌쭉 웃을 수밖에! 곁에서 함께 정진한 이들은 그런 그가 몹시도 이상하게 보였을 것이다. 그래서 한마디 던졌을 것이다.

"뭐가 좋다고 그렇게 싱글벙글이야?"

"용맹정진 끝났으니, 열심히 공부했다고 스님들에게 푸짐하게 음식을 대접하는 만발공양(萬鉢供養)이 기다리고 있지 않습니까?"

치열했던 화두가, 부처님의 가르침이, 선정과 해탈의 기쁨이, 열반의 삶이, 한 그릇의 밥보다 못하단 말인가? 그럴 리 있겠는 가. 그건 이후 해안선사의 삶이 증명하는 바이다. 돈과 명예, 안락과 나태를 누구보다 경계하고, 평생을 검소하게 살면서 누구보다 열심히 정진하셨던 분이 해안 선사이다. 그럼, 왜 이렇게 표현했을까?

어찌 꼭 맛있는 음식을 먹을 생각에 웃음이 터졌으랴! 안목이 어두우면 처처가 은산철벽(銀山鐵壁)이지만, 안목이 밝으면 처처가 안락국(安樂國)이다. 극락은 땅바닥도 금모래라지 않던가? 아무 것이나 집어 들어도 몽땅 황금이다. 하지만 웃을 거리를 특별한 곳에서 찾는 이들에겐 그들이 좋아할만한 웃음거리를 거론할 수밖에 없다. 부처님도 《법화경(法華經)》에서 말씀하지 않으셨던가? 사슴이 끄는 수레를 좋아하는 자식에겐 사슴이 끄는 수레를 선물하고, 양이 끄는 수레를 좋아하는 자식에겐 양이 끄는 수레를 선물하고, 소가 끄는 수레를 좋아하는 자식에겐 소가 끄는 수레를 선물했다고.

그날, 학명선사가 심술을 부려 이렇게 공포했다고 가정해보자.

"이번 용맹정진에는 다들 열심히 공부하지 않았으니, 만발공양을 취소하겠다."

그랬다면, 학명선사가 성질을 부렸을까? 아마, 또 헤벌쭉 웃었을 것이다. 그러면 함께 정진한 이들이 또 한마디 했을 것이다.

"뭐가 좋다고 그렇게 싱글벙글이야?"

"무더위 가고 가을바람이 이리 시원하지 않습니까?"

하긴 중생이 웃을만한 게 맛있는 음식과 좋은 옷, 편안한 잠자리를 빼면 뭐가 있을까? 그것 아니면 웃을 일이 없다고 여기는 이들에게 열반의 삶을 이야기한다는 건 보통 난감한 일이 아니다.

언젠가 단식을 했을 때였다. 사흘째 되던 날 밤이었다. 어디서 흘러왔는지 은은한 음식의 향기가 코끝을 서서히 스쳐지나갔다. 창자가 몸부림쳤다. 컴퓨터 게임을 한창 즐기다가 강제 종료당한 꼬마의 동동거림은 비교 대상도 되지 못했다. 냉수를 한 컵 쭉~ 들이켜고 길게 호흡을 한 번 골랐다. 그리고 그 주린 창자를 다시 바라보았다. 원효 스님께서 "주린 창자가 끊어질 것 같아도 밥을 구하는 생각을 내지 말라" 하셨건만, 나라는 존재의 음식물을 향한 욕구는 상상을 불허할 정도로 강력했다. 그때 크게 반성하였다.

"불법을 향한 나의 의지가 과연 이 강렬한 욕구를 이겨낼 만큼 굳건했던가? 아니, 굶주린 창자의 몸부림만큼이라도 나는 불법을 갈구했던가?"

실로 부끄러웠다. 서른 살 젊은 나이에 형장의 이슬로 사라진 구마라집(鳩摩羅什)의 제자 승조법사(僧肇法師, 384~414)는 망나니의 칼춤 앞에서도 웃으면서 노래했다고 한다.

사대는 원래 주인이 없고
오온은 본래 공한 것이라
머리를 하얀 칼날에 들이대지만
마치 봄바람을 베는 것과 같구나
四大元無主 五蘊本來空
將頭臨白刃 猶似斬春風

음식 한 그릇만 빼앗겨도 심장이 쿵쾅거리는데, 목숨이 걸린 일 앞에서 편히 웃을 수 있을까? 말로야 뭘 못할까! "불법은 소중합니다. 돈도 사랑도 명예도, 그 무엇보다도 고귀한 것이 부처님 가르침입니다." 나 역시 사람들 앞에서 이렇게 곧잘 떠들었다. 아무리 거창하게 떠들어봐야 소용없다. 과연 한 그릇의 밥만큼이라도 불법의 값을 쳤던가? 불법을 배우고자 한다면 반드시 스스로에게 물어야 할 것이다.

'나는 밥을 구하고 있는가, 법을 구하고 있는가?'

사흘 닦은
마음

사흘 동안 닦은 마음은
천년 세월에 보배가 되지만
백년 동안 탐낸 물건은
하루아침에 먼지가 된답니다

三日修心千載寶
百年貪物一朝塵

— 혜소국사(慧炤國師) 말씀에서

지는 햇살 붉은빛 토하며 푸른 산에 걸리고

갈까마귀 날갯짓도 흰 구름 사이로 사라지니

나루터를 묻는 나그네의 채찍질이 급해질 수밖에

절로 돌아가는 스님의 지팡이도 한가롭지를 않네

산중턱 목장의 소들이 긴 띠처럼 그림자를 두르고

남편을 기다리는 아내는 쪽 진 머리를 자꾸만 낮추니

푸르스름한 안개 속 고목이 늘어선 시내 남쪽 길로

더벅머리 초동이 유유자적 피리를 불며 돌아오네

落照吐紅掛碧山　寒鴉尺盡白雲間

問津行客鞭應急　尋寺歸僧杖不閑

放牧園中牛帶影　望夫臺上妾低鬟

蒼煙古木溪南路　短髮樵童弄笛還

　어사 박문수(朴文秀)가 지은 〈낙조(落照)〉라는 시다. 해질녘 붉은 노을과 함께 소리도 빛깔도 잦아든다. 손을 접었다 폈다 하면서 베의 길이를 재는 포목점 여인처럼 날개를 접었다 폈다 하며 하늘을 헤집던 갈까마귀 떼도 구름 사이로 사라지고, 어둠이 내리기 시작한다.

　요즘이야 기차시간을 놓쳐도 조금만 기다리면 다음 기차가 오지만 그 시절에는 배편이 그리 흔치 않았나 보다. 나루터를 떠나는 배를 놓치면 꼼짝없이 내일을 기약해야 할 판이니, 나귀를 재촉하는 길손의 채찍질이 바빠질 수밖에 없다. 무위(無爲)의 삶을 표방하는 산승이라고 예외일까? 가로등도 손전등도 없던 시절이니, 지팡이를 짚은 노승 역시 남은 어스름에 절을 찾아가느라 손에 든 지팡이가 휘적휘적 한가할 틈이 없다.

산을 넘어가는 햇살에 멀리 산중턱에 풀어놓았던 소들이 긴 그림자를 띠처럼 드리우고, 일 나간 남편을 기다리던 아내는 "언제 오시려나" 하며 섬돌에 올라 까치발로 목을 쭉~ 뺀다. 고개를 치켜들면 들수록 비녀를 찌른 여인의 쪽 진 머리는 자꾸 아래로 낮아진다.

시인의 시선은 이제 남편을 기다리는 아내의 시선을 따라 마을 어귀로 흐르고, 저녁밥 짓는 푸르스름한 굴뚝 연기도 따라 흐른다. 구수한 밥 냄새에 된장 냄새까지 배인 그 연기는 마을 어귀 개울가 방천에 늘어선 고목나무에 걸리고, 그 방천길을 따라 지게 가득 땔감을 짊어진 더벅머리 사내가 유유자적 피리를 불면서 돌아온다.

꼭 옛 조선의 풍광만은 아닐 것이다. 나이 오십쯤 넘어선 사람들의 기억 속에는 너무나 익숙한 그래서 더욱 정겨운 우리네 고향 풍경이다. 빛깔과 소리로 24시간이 소란스러운 요즘과 달리 그때의 농촌은 저녁이면 꼭 이랬다.

이 시에 얽힌 재미난 전설이 하나 있다.

박문수는 어려서부터 총명했지만 과거시험에 연달아 떨어졌다. 서른두 살의 나이로 세 번째 과거 길에 나섰을 때였다. 어머니가 "한양 가는 길목 안성에 칠장사(七長寺)라는 절이 있다. 그 절의 나한님들이 영험하다니, 꼭 들러 급제하도록 도와달라고 부탁해라" 당부하면서 유과를 챙겨주었다. 박문수는 어머니 말씀대로 칠장사에 들러 나한전에 유과를 올렸다. 그날 밤이었다. 늦게까지 책을 읽다가 설핏 잠이 들었는데, 꿈인지 생시인지 낮에 본 일곱 분의 나한님이 나타나 자기네들끼리 속삭였다.

"이 청년의 정성이 갸륵합니다. 우리가 도울 수 있는 게 별로 없으니 시나 한 구절씩 읊어줍시다."

그렇게 각자 한 구절씩 일곱 구절을 읊어주었다. 해질녘 풍경을 절묘하게 표현한 아름다운 구절이었다. 그리고 일곱 나한님은 사라졌다. 신비한 꿈이었다. 더욱 놀라운 것은 과거장에 도착해 과제(科題)를 보는 순간이었다. '낙조(落照)'였다. 박문수는 나한님들이 낭랑한 목소리로 읊어준 구절을 일필휘지로 써내려갔다. 그리고 마지막 구절 "더벅머리 초동이 유유자적 피리를 불며 돌아오네[短髮樵童弄笛還]"가 자신의 붓끝에서 저절로 이어졌다. 결과는 급제였다.

이 일곱 분의 나한님은 지금도 안성 칠장사 나한전에 모셔져 있다. 이 나한님들에게도 신비한 전설이 있다. 고려 초기의 일이다. 혜소국사(慧炤國師, 972~1054)께서 그곳에 주석하고 계셨다. 지금이야 길이 잘 나있지만 아마도 고려 시대엔 첩첩산중이었을 것이다. 그 첩첩산중 절집에 어느 날 7인의 사나이가 들어왔다. 복면을 했는지 안 했는지는 알 수 없지만 어찌 되었건 이들은 인수인계 절차를 생략하고 남의 물건을 제 마음대로 장소 이동시키는 사람들이다. 이들이 목이 말라 샘터로 갔는데, 샘물을 떠 마시는 바가지가 황금바가지였다. 욕심이 난 그들은 바가지를 하나씩 옷 속에 챙겨 돌아갔다. 그런데 나중에 옷 속을 뒤져보니 바가지가 온데간데없었다. 일곱 사나이는 이 모든 것이 혜소국사의 법력임을 깨닫고, 국사를 찾아가 자신들의 잘못을 고백하였다. 국사는 그들을 탓하지 않고, 조용히 자신의 방으로 안내해 차를 한 잔씩 대접하였다. 국사의 환대에 긴장이 풀린 일곱 사나이가 가르침을 청하였다.

그러자 국사께서 웃으며 말씀하셨다.

"차나 한 잔 마시면 되지, 새삼 무슨 좋은 말이 있겠습니까?"

일곱 사나이가 애원하였다.

"한 마디라도 일러주십시오."

그러자 혜소국사께서 말씀하셨다.

사흘 동안 닦은 마음은 천년 세월에 보배가 되지만
백년 동안 탐낸 물건은 하루아침에 먼지가 된답니다
三日修心千載寶 百年貪物一朝塵

　이 말씀은《자경문(自警文)》에도 수록되어 있다. 눈에 한번 스치기만 해도 자꾸 떠오르고, 떠올리기만 해도 아침 이슬에 씻긴 상큼한 나뭇잎처럼 머릿속이 개운해지고, 사우나에라도 들어간 것처럼 온몸이 훈훈해지는 느낌을 받게 하는 구절이다.

　어찌되었건 이 일곱 사나이는 대장부의 기개가 있었나 보다. 혜소국사의 말씀에 감동한 일곱 사나이는 혜소국사를 모시고 열심히 수행하여 깨달음을 얻고 아라한의 경지에 오른다. 이 일로 산 이름도 아미산(峨眉山)에서 칠현산(七賢山)으로 바뀌고, 절의 이름도 漆長寺(칠장사)에서 七長寺(칠장사)로 바뀌었다고 한다.

연극이
끝나고

허깨비가 허깨비 마을에 들어와
50여 년 연극으로 미치광이 노릇을 했구나

幻人來入幻人鄉
五十餘年作戲狂

— 허응보우(虛應普雨)선사 임종게에서

허응보우(虛應普雨, 1509~1565), 마음을 텅 비우고 천지만물과 감응하면서 지혜와 자비의 비를 두루두루 내려주었던 조선 중기 스님이다. 요승(妖僧)이라는 사대부들의 비난을 기꺼이 감수하면서 쓰러져가던 조선의 불교를 어떻게든 일으켜 세우려고 몸부림쳤던 스님, 그가 제주도에 유배되어 삶을 마감하면서 남긴 임종게(臨終偈)를 읽어본다.

　　허깨비가 허깨비 마을에 들어와
　　50여 년 연극으로 미치광이 노릇을 했구나
　　인간세계 온갖 영욕 실컷 희롱했으니
　　승려의 탈을 벗고 푸른 하늘로 올라가노라
　　幻人來入幻人鄉　五十餘年作戲狂
　　弄盡人間榮辱事　脫僧傀儡上蒼蒼

　　얼마 전 양평 용문사(龍門寺)에 들렀던 적이 있다. 천년을 넘게 살았다는 은행나무 주위를 맴돌다가 "이 은행나무도 보우 스님을 지켜보고, 보우 스님도 이 은행나무를 지켜보았겠지. 이 나무는 보우 스님을 기억하고 있을까? 그때는 크기가 얼마나 되었을까?" 하며 감회에 젖었던 적이 있다.
　　파란만장(波瀾萬丈)했던 그의 연극은 양평 용문사에서 시작되었다. 어려서 양친을 잃고 여덟 살 어린 나이에 용문사에 들어온 스님은 열다섯이 되던 해까지 용문사에서 살며 유불선 3교의 경전을 두루 섭렵하였다. 이후 금강산에서 수행하다가 큰 깨달음을 얻고, 제자들을 양성하다가 우연한 기회에 강원감사를 만나 문정왕후에게 천거되었다. 그리고 봉은사 주지로 임명되었다. 수렴청정을 하던 문정왕후의 돈독한 신임에다 말솜씨도 글재주도 빼어났던 스님은 정권의 실세로 혜성처럼 떠올랐다.

스님은 그 권력을 이용해 유명무실했던 선교양종(禪敎兩宗)을 부활시키고, 연산군 때 폐지되었던 승과(僧科) 제도를 부활시켰다. 사대부들은 즉각 반발하고 나섰다. 성균관 유생들이 집단 시위를 벌이고, 조정 대신과 지방 유생들의 상소가 빗발쳤다. 불교 부활정책에 반대하는 상소가 423건에다 역적 보우를 죽이라는 상소가 75건이나 됐었다고 하니, 당시 보우 스님에 대한 사대부들의 증오가 어느 정도였는지 가히 짐작하고도 남을 만하다. 그들은 꿈에도 몰랐을 것이다. 그들이 그렇게도 반대했던 승과를 통해 배출된 인물 청허휴정(淸虛休靜)과 사명유정(四溟惟政)이 훗날 왜적으로부터 자신들의 나라를 지켜주게 될 줄 말이다.

문정왕후의 비호와 함께 활기를 되찾았던 불교는 문정왕후의 죽음과 함께 다시 몰락의 길을 걸었다. 사대부들의 칼날은 곧 보우를 향했고, 명종(明宗)은 유약했다. 결국 왕후가 서거하고 두 달만에 율곡의 상소에 따라 스님은 제주도로 유배되었고, 그곳에서 제주 목사 변협(邊協)에 의해 맞아죽었다.

혼신의 연기를 펼친 배우가 커튼이 내려지면 담담하게 무대에서 내려오듯, 그렇게 스님은 56년의 연극을 끝내고 임종게 하나로 짧은 소회를 밝히며 삶의 무대에서 내려오셨다. 세월이 흐르고, 훗날 사명대사는 스님의 시문을 엮어 발간한《허응당집(虛應堂集)》말미에서 이렇게 말씀하셨다.

이 분이 아니었다면 영취산의 풍류와 소림사의 곡조는 거의 사라져 더 이상 들을 수 없게 되었을 것이다. 이를 근거로 논하자면, 가히 천고에 홀로 오셨다가 홀로 돌아가신 분이라 하겠다.
微斯人 靈嶽風流少林曲子 幾乎息而無聞矣
迹此論之 可謂千古獨來獨歸者也

"인생은 한 편의 연극이다"라는 말이 인생을 설렁설렁 살라는 말은 아니다. 멋진 배우는 무대에 올라 자신의 배역에 혼신의 힘을 다하지, 결코 설렁설렁 연기하지 않는다.

보우 스님 이야기를 하다 보니, 문득 내 고향 제주의 바다가 떠오른다. 보우 스님께서 생을 마감하며 바라보았을 그 제주의 바다를 나도 망연히 바라본 적이 있다. 고등학교를 졸업하고였다. 산방

산 앞, 바닷물이 발아래로 내려다보이는 어느 바위에 앉아있을 때였다. 시간이 얼마나 흘렀을까? 홀연히 바위도 사라지고, 나도 반쯤은 어디로 사라지고, 바닷물만 출렁거렸던 적이 있다. 아주 잠깐이었지만 온갖 것들이 정말로 사라졌다. 그 잠깐 동안 고깃배들과 주변의 바위들과 저쪽 중문해수욕장은 어디로 갔던 것일까? 그때 "중생의 삶은 꿈같은 것이고, 허깨비 같은 것이고, 물거품 같은 것이고, 그림자 같은 것이다" 하신 부처님 말씀이 거짓이 아니란 걸 알았다.

또 당나라의 시인 왕유(王維)는 친구를 떠나보내며 이런 시를 지었다. 〈양관곡(陽關曲)〉이라 불리며 이별의 시 중 대표작으로 거론되는 〈송원이사안서(送元二使安西)〉이다.

위성의 아침 비가 뽀얀 먼지 씻어주니
객점의 푸르고 푸른 버들 빛이 싱그러워라
그대에게 한잔 술을 다시 권해 올리노니
서쪽으로 양관을 나서면 이제 친구가 없다오
渭城朝雨浥輕塵　客舍青青柳色新
勸君更進一杯酒　西出陽關無故人

위성(渭城)은 진나라 때의 수도인 함양이고, 양관(陽關)은 현재

감숙성 돈황현 서쪽에 있는 곳이다. 그곳이 옛날에는 국경의 관문이었다. 국경 밖 저 멀리로 떠나는 친구, 그 헤어짐이 아쉽고 또 언제 다시 볼까 싶어 왕유가 아침부터 한 잔 권하는 것이다. 아마 떠나는 친구도 사양치 않고 그 술잔을 받았을 것이다.

허응보우선사의 임종게를 소개하고 왕유의 〈양관곡〉을 꺼낸 까닭은 이제 작별인사를 드리고 무대를 내려올 때가 되었기 때문이다. 한판의 연극에 동참해 함께 울고 웃었던 모든 분들에게 그저 감사할 따름이다.

다들 안녕하시길.